表参道の地下シェルター

もくじ

序詩

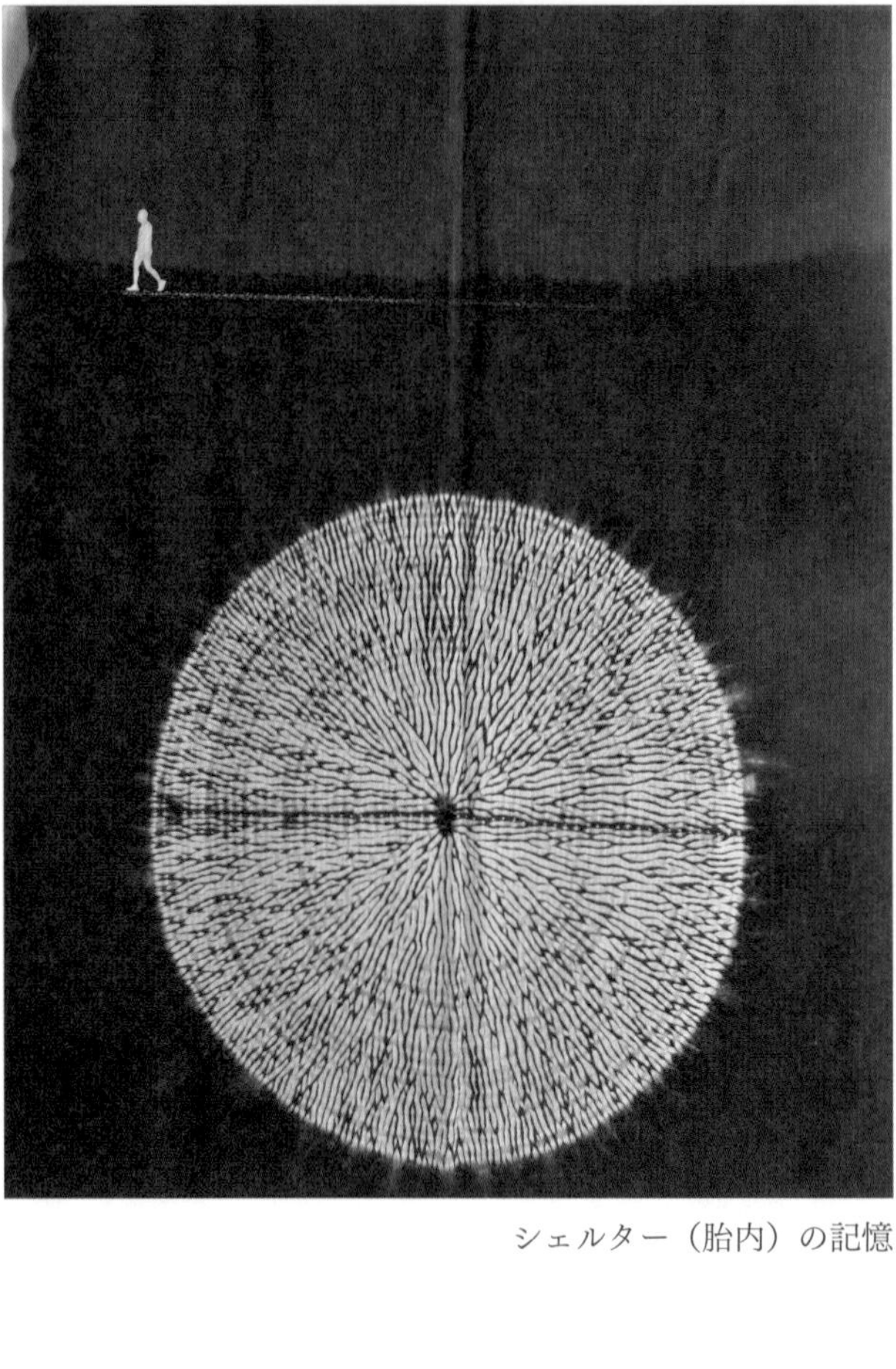

シェルター（胎内）の記憶

わたしは二〇二二年の秋、ある書店の店主からこの話を聞いて衝撃をうけた。
二〇一五年のある日、店主にかかってきた一本の電話の話である。

そのおんなの人は青山・表参道入口の石灯籠に
白い太腿の一本の足になって立てかけられていた

「表参道の本屋と一本の白い足の話」

（一九四五年、戦時下の冬、わたしの父と母が情を交わし、わたしという一点の命を
灯してから数か月後の新緑の頃）
明治神宮に続く表参道に　焼夷弾というクラスター爆弾が
美しい花火のようにぱらぱらと降り注いでいた

（わたしが母の胎内の羊水の中で柔らかな勾玉からヒトの形になりはじめた頃
すなわち一九四五年五月二十五日の深夜）
人々は阿鼻叫喚の劫火の中を逃げまどっていた
（わたしが母の胎内で母のお腹を蹴りはじめた頃）

ケヤキ並木が火の粉を巻き上げ火の箒のようになって夜空を照らした
多くの人が炎に包まれ焼け死に　そして黒いマネキンのような炭の塊になった
(わたしが原初の生き物からニンゲンに行き着きトクントクンと心音を刻んでいた頃)
劫火を逃れようと石灯籠の近くの本屋の地下シェルターに逃げ込んで
百名余の人が九死に一生を得た

二〇一五年、終戦から七十年後のとある日
一本の奇妙な電話があった　見知らぬ人から地下室のある本屋の店主に
「空襲の次の日、灯籠の前に女性の足がたてかけてあった　それは、なぜ、立てかけられていたんでしょうか」と　年老いた男の人の声だった

妙に生々しいおんなの人の太腿の白い足をわたしは想像する
罪悪感に似た感情とともに　わたしは何故か

若い頃の母親の姿と重ねた
母は無音の焼夷弾の火の雨の中に身重の全裸姿で、それも一本の足で立っていた
母は無言で　わたしをじっと見ていた

＊この詩は、青山・山陽堂書店の店主・遠山秀子さんから聞いた話に着想をえて書いたものだ。山の手空襲の実相と白い足の話のエピソード詳細は、すでに日本経済新聞の文化欄（二〇二一年一〇月九日付朝刊）に芥川賞作家の朝吹真理子さんが「白い太ももの話」として書かれている。朝吹さんが遠山さんに聞き取りを行って書かれた優れたノンフィクションエッセイである。近くの図書館に新聞の縮刷版があるのでぜひお読みいただきたい。
　毎年五月、山陽堂の画廊では、青山の歴史を中心とした写真展などが行われ、この空襲の追悼についても忘れてはいけないことだと遠山さんは言われた。

プロローグ

林檎とサングラス

林檎とサングラス

サングラスはわたし
林檎は妻
わたしは妻を見ている
妻は素知らぬ顔ですましている

娘が話しかけると
つじつまの合わぬことをしゃべり
よく笑う
憑き物が落ちたように
邪気のない　おだやかな笑顔

わたしは林檎
妻はサングラス
妻は見知らぬ他人《ひと》をみるように　わたしを見ている

始まりの朝　じんぐうのもり

妻とわたしの朝は神宮の杜のラジオ体操から始まる

始まりの朝

ある歌人がこんな歌を詠んだ
　新しい朝が来たけど僕たちは昨日と同じ体操をする*
そうかもしれない
けれども惰性と義務感のようなルーティンにも
ときどき採れたての朝もあるのだ
神宮の杜では
ラジオ体操のさなか
松の木の上からスズメを咥えた蛇が落ちてきたり
近くの池にアオサギやカワセミがやってきたり
池から上がったすっぽんが産卵のために地面に穴を掘ったり

生き物たちの営みをながめるのは
それはそれで気持ちのいい　ざわつく朝だ
冬至の頃
ラジオ体操の芝地に霧が立ち込める
すると老人たちの動きが幻想的な影絵になる
霧の中　妻が定位置を離れ
何処かに行こうとすると
仲間が元の場所につれもどしてくれる
やがて霧が晴れ　雲一つない青空に
白墨でひいたような飛行機雲がまっすぐの線を描いていく
さあ昨日と違う一日がはじまる

＊木下龍也『つむじ風、ここにあります』

湧き水のような雲
ときどきこんな奇妙な朝焼けに遭遇する
東京にも空はあるのだ

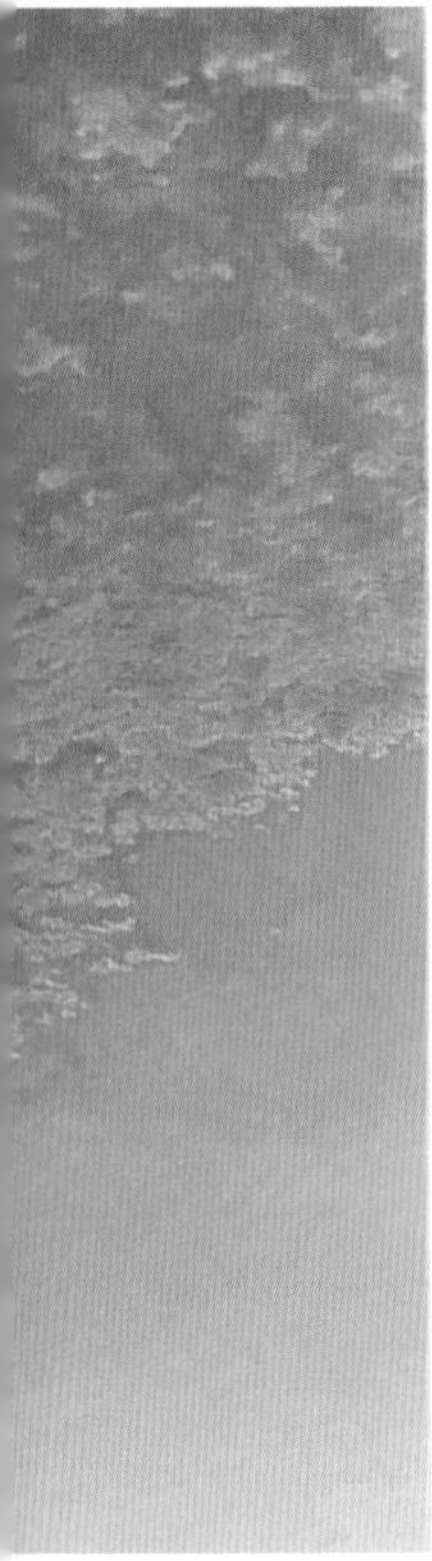

明け方に湧き出してくる（私）

気付くこと
あるいは
生まれる前の　はるか以前のことを思い出すには
明け方がいい

昼間の雑事や
どうでもいい情報に
攪拌され　濁らされている
（私）

明け方
湧き出してくる
澄み切った
（私）

はるか遠くの
深い地層から染み出してくる
湧き水の
（私）

過去から未来へと
細々と流れて　川となる
（私）

たえず（何か）が　新しい変化をつづけている
明け方

老人たちに囲まれ蛇は這う這うの体で逃げた。
これもじんぐうの杜のいのちの営みである。

這う這うの体で

松の木の上で
朝食を摂ろうとしているときだった
いきなりラジオ体操の歌がひびいた
耳の遠い老人たちは声が大きい
音程の狂った体操の歌がさらに耳ざわりになる
おれは怒り心頭に発した
迷惑千万！
激高した拍子におれはバランスを崩し
松の枝から食料を咥えたまま落下した
運悪くそこは体操をしている老人たちの定位置だった

おれはくにゅくにゅと動転した
老人たちはうろたえなかった　豊かな人生経験のせいか
はたまたボケて反応が鈍いのかさだかではない
雀さん、可哀そう
毎日、雀たちにエサをやっているお婆さんがつぶやく
爺さんたちは憎々しい目でおれを観察し
ゆっくりとした動作で俺を取り囲んだ
おれの窮状にたいし同情する者は誰もいなかった
くやしい　苦しい　喉がつかえる
誤嚥性肺炎かもしれない
衆人環視のもと、おれは食料を咥えたまま途方に暮れた
至近距離でカメラを構えておれを撮るバカなじじぃもいた
助けを求める人のいる火事場をスマホで撮る若者と同類だ

嘆かわしい！
日本はいつからこんな軽薄な国になったのか
ここは神社だ　神聖な場所だ
いにしえから蛇は神の遣いだ　縁起物だ
おれは使命感から老人たちの円陣から
ほうほうの体で食料を咥えたまま脱出したのだった
這う這うの体で

つぐみ。つむぎ。…あれ、どっちだっけ？
紛らわしいがどちらもドラマのヒロインに
使えそうな名前だ。
名前を口ずさんでいたら「つぐみの唄」が
できた

＊早朝の明治神宮、1メートルほど私
が近づいても　逃げようとしなかった。

つぐみの唄

つぐみ
つぐつぐいのちを継ぐ身
まあるいお腹に卵はいくつ?

つぐみ
つくつく地面をつつく
おなかいっぱいごはんをお食べ

つぐみ
つむつむ巣の枝紡ぐ
春のあらしで愛の巣揺れた

つぐみ
つぐつぐいのちを絆げ
もうすぐ春だよいのちを繫げ

神宮の杜の陽だまりは静かだ。若者で賑わう竹下通りから２００メートルも離れていない。都心の喧騒と森の静寂が隣り合わせの原宿は世界でも稀有な観光地ではないだろうか？　晩夏の夕暮れ時、蜩のカナカナ、カナカナが聴こえると此処は異世界だ。

そこだけが明るい

そこだけが明るい
　という不思議
密やかな明るさ
　喧噪のとなりの静寂
目立たないのに
　なぜか気になる
日の入りの静かな時間
　カナカナが鳴いた

人間は常に脱皮していく。常に新しくなっていく。
とニーチェは言った。

うたかた

カナカナ
の　鳴く　秘密の場所
つぶらな瞳　が　わたしを見上げている
ヒグラシ　の　赤ちゃん
柔らかい皮膚　に　天使の羽根

ヒグラシよ　ひと夏の　命　よ
みじか世　を　与えられた　時間《とき》　を　生き抜け
羽根　を　震わせ　力の限り　唄う　のだ
カナカナ、カナカナ、カナカナ、カナカナ　と

歓喜の　歌　を

うたかたの　恋　をなさい
メビウスの　輪　のように
刹那と永遠　を　つなぐ　ための
輪廻の　恋　を
カナカナ、カナカナ、カナカナ、カナカナ・・・　と
振り絞って　謳う　のだ
輪廻の　いのち　を

ラジオ体操の帰り道、Tさんが言った。代々木駅近くのコンビニの前でカワセミが死んでいたのよ。なんであんなところにいたんだろ、不思議。北池にいたカワセミかも。可哀そうに。Tさんは戒名をつけて自宅の庭に葬ったという。それ以来、しばらく神宮の杜でカワセミを見ることはなかった。

翡翠

少し冷え込んだ日の朝
カワセミに会った
翡翠《かわせみ》とも書く宝石のような鳥
この小さな鳥が都心の　この杜の池にもときどき現れる

となりで一緒に見ていた人が小さな声で言った
今日は一日いいことがありそうね

私は　ほんとだねとうなずきながら
「僥倖」という難しい漢字と

日日是好日という掛け軸の文字を思い浮かべていた

鬱蒼とした杜の北側に広がる芝地は知る人ぞ知る〝秘密の場所〟だ。

晩秋から冬の寒暖差の大きい日の朝にときおり霧が立ち込めると、ラジオ体操の人たちの動きが影絵になる。幻想的な景色をみるとああ早起きしてよかったなと思う。

夏草

ここに兵《つわもの》はいない
いるのはラジオ体操の老人ばかり
ここに夢の跡はない
あるのは今という永遠

じぶんは健康だ　いち、にっ、さん！

老人のだれもが「自分はまだ老人ではない」という
かすかな自負

あれ？　気づいているかい？
自負という漢字には負けが入っているぞ
（抱負だってそうだよ）
夏草がかすかに揺れて
嗤った

不知火海の太刀魚が食いたい！

ノドカなる雲

ノドカなる雲よ
もう少し　そのままでいてくれ

ぼくはマスク姿で俯いてばかり
地上は白いマスクだらけ
視線が自粛警察のように口元を監視しているよ

マスクをはずして
ぽかんと口をあけて
ぼくは細ながい雲をながめていたいよ

日がな一日
クレーンのてっぺんで
君をみつめていたいよ

深海魚みたいな細長いオサカナの
白い雲よ
もう少しそのままでいてくれ

朝顔はマスクをしていない

「疫病」のまま二度目の夏終わる

まいにちがあたふた。日が長くなる

夏場所や行司の声も裏返る

炎天下マスク嫌いがマスクする

キャミソール鎖骨の影の艶めきて

ウイルスを逃れて墓地のハルジオン

垂れて咲く百日紅の重さかな

せからしか*ビールのCMなぜ騒ぐ

疫病やいつの間にやら夏の果て

死者の数ぼうぼうと秋風が吹く

朝顔ぽつん疫病の夏過ぎる

＊「せからしか」は九州弁でうるさいの意

Mと「青」の時代

藍染め（ハンカチーフコレクション）

並走する飛行機雲

ふたつの飛行機雲《コントレール》

まっつぐ　は　心地いい
まっすぐ　より　まっつぐ　のほうが
一直線の　感じがする

まっつぐ　と　まっつぐが　並走している
ほどよい距離感の　前向きな　夫婦のように
気持ちのいい　揺るぎのない信頼のように
まっつぐな二つの線が虚空を突き抜けていく

どこまでも一緒に行ける　と信じて疑わない
ふたつのコントレールが延びていく

白墨の線のように痕跡を残していく二つの雲を
わたしは　とても愛おしく　羨ましく思った

（どちらかが先に消えてしまうと分かっていても）

Mと「青」の時代

大袈裟な言い回しの「生きざま」という言葉が嫌いだ。

たとえばある人の生き方を、よく「〇〇スタイル」と言ったりするが、それでいいと思う。なんとなく肩の力がぬけた感じがして疲れない。自分では自覚していないけれども、〇〇スタイルとは、その人の芯のようなものから発するオーラのようなものである。あるいは、その人のなにげない癖とか、ふとした瞬間に顕れる「しぐさ」のようなもの。それがその人らしさを自然体で表現するものだと思う。

どの夫婦もそんなことを普段は気にも留めないだろうが、無意識に相方に感じていることではないだろうか？　それは外ヅラではない身内にしか見せない隙のようなものかもしれない。

そこで連れ合いのスタイルとは何だろうと考えてみた。

まず「ミステリアス」という言葉が浮かぶ。（長女は母親のMのことを時々、

「フシギちゃん」と呼ぶ）断っておくが彼女の血液型はB型ではない。

Mは、家族に対していつも自分でかってにつけた愛称でよぶ。たとえば、長女に対しては「ネス君」あるいは「ネス」。次女には、さいしょはトモコの「と」を端折って「モコ」と呼んでいたが、ほぼ「チュンちゃん」あるいは「チュン」と呼ぶようになった。また夫の私に対しては「パッ」と呼び捨てにする。（機嫌がいい時には「パッちゃん」とよぶときもある。なぜそう呼ぶのか根拠が意味不明でわからないのがとても不思議だ。

またMスタイルには、前面にたたない、目立たない、自慢しない、というのもある。逆に言えば「人知れずやる」というのがMスタイルだ。ある意味では、いわゆる「生きざま」という生き方からもっとも遠いところにあるともいえる。

無言実行という点でいえば、毎年、ユニセフへの年末寄付を欠かさなかった。またリーマンショックが起きた年の大晦日の夜、出かけてくるといって遅く帰宅したことがあった。わけを聞くと、日比谷公園で年越し派遣村の炊き出しが行われていて、そこにカンパを届けに行ってきたという。

ある日、認知症が進行し部屋の片づけができなくなったMの部屋のタンスやクローゼットを整理していると夥しい数の藍染めの作品がでてきた。それは日本の絞り染め技法の第一人者について十数年前までMが続けてきた「作品」群だった。身内自慢のようで気が引けるが、その作品は、彼女なりの努力と精進の賜物で、どれも彼女ならではのオーラを発していた。病気のせいで、もう藍染めは一切できなくなったが、それは彼女の「分身」としてそこに厳然と「存在」していた。

Mが健康なときであれば、「もったいないよ。展示会やってみんなに見てもらったら？」と私が提案しても「いいの。そんなのやらない」と彼女は即座に断ったことだろう。それがMスタイルだ。

それでも私は、2020年の6月、Mの藍染め作品展を実行に移した。この展示会が、たとえMの意に反したことであったとしても、いまはやってよかったと思っている。なによりも大勢の友人たちがコロナ禍にもかかわらずこの展示を見に来てくれたし、椅子に座ったMに「素晴らしかったわよ」と声をかけてくれた。そして彼女は嬉しそうにその声かけに笑顔を返していた。

人は記憶でできているという。認知症という病は、薄皮のように堆積した記憶を一枚いちまい剥落させていくものなのだろう。それは上書きされた日々の出来事の記憶を、現在から過去に向かって消し去っていくものだ。私は彼女の過去の記憶を現在に呼び戻そうと思った。それは封印されていたMの生きた証しとしての「時の宝箱」を開くようなものであり、他者の記憶の中にその人生の一端を刻む試みでもあった。

私は、Mが人生の終盤において認知症という病一色に塗りつぶされてしまうことに納得がいかなかった。ピカソの「青の時代」ではないが、Mにとっての「青の時代」すなわち藍染めに打ち込んだ五十代は、もっとも彼女が生き生きとしていた旬の時代だったのではないか、そんな思いから私は「手しごとの記憶」と題する藍染め展を計画したのだった。

コロナの影響で当初の予定を二カ月延期したが、彼女が手塩にかけた作品群が原宿駅前の画廊に展示された。

もうこの頃には作品の説明も来場者との噛み合った会話もできなくなっていたけれども、そこには、無言のアートとしての「Mスタイル」が存在していて「これが私よ」と、展示会を見に来てくれた人に語りかけているように私には思えたのだった。

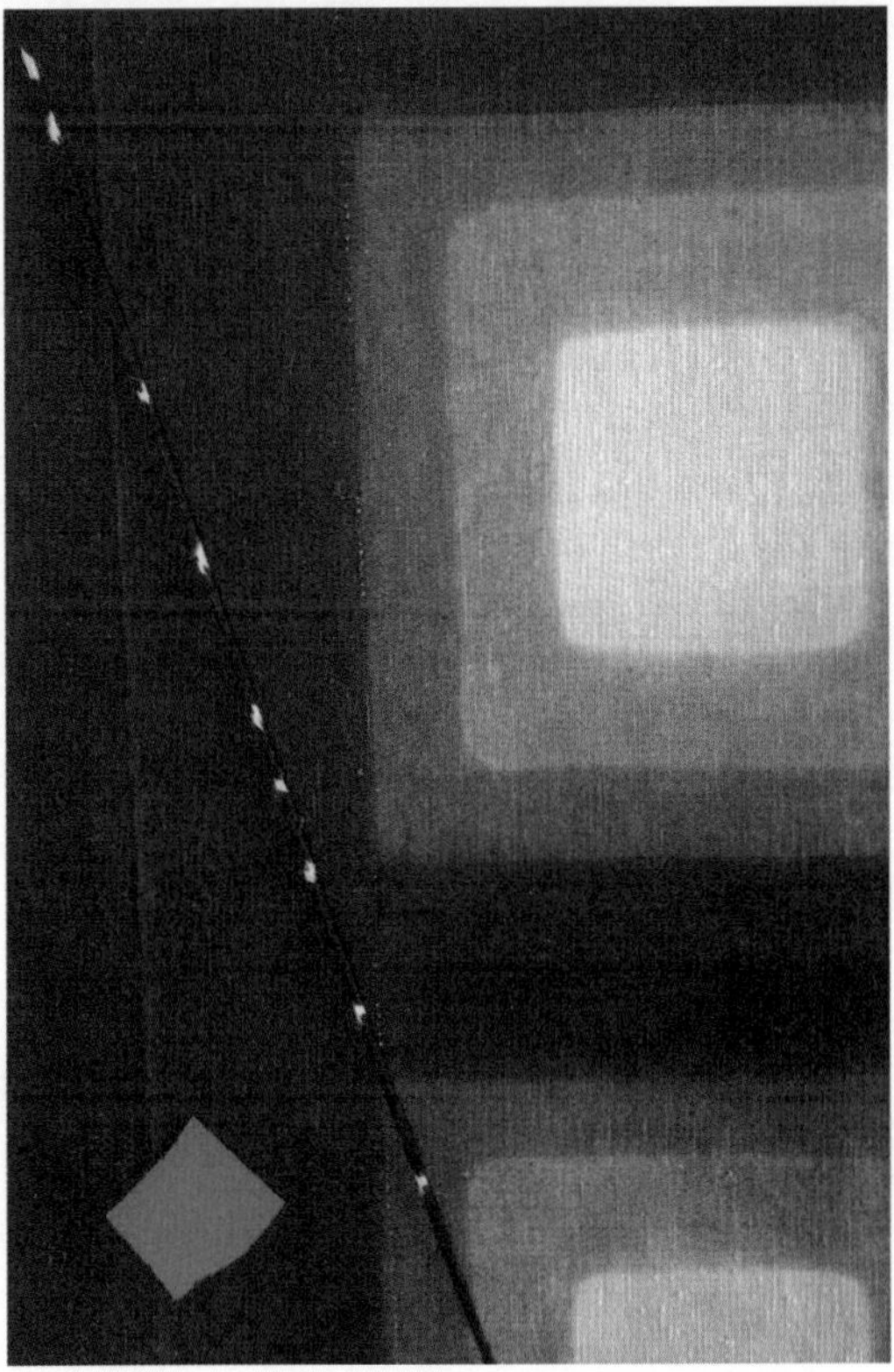

朱と藍のコラージュ

天使のねむり（ショートステイの施設の近くで）

遠くて近い

近くて　遠い
きまぐれなもの
遠くて　近い
変わらないもの

近くて　遠い
「世間」みたいなもの
近しいと思っていたひとに気を許すと
とつぜん足元をすくわれることがある
やっかいなイザコザで気持ちが萎える

そして人間嫌いになる

遠くて　近い
偶然の「縁」みたいなもの
よそよそしいと思っていたひとが
躓きそうになったときに
さりげなく手を差し伸べてくれる
やがて仲良くなる

近くて　遠い
おおくを望まないこと
ほどよい距離感をたもつこと
ときには

諦念のようなものに身をゆだねること
なぜか気が楽になる

遠くて　近い
窓の外に見える遠くの山の稜線のようなもの
見慣れた景色のようなもの
小さな自分を包み込んでくれるもの
故郷のようなもの
すると勇気のようなものが湧いてくる

マグリットの光の帝国のように昼と夜が共存している。佇むM。

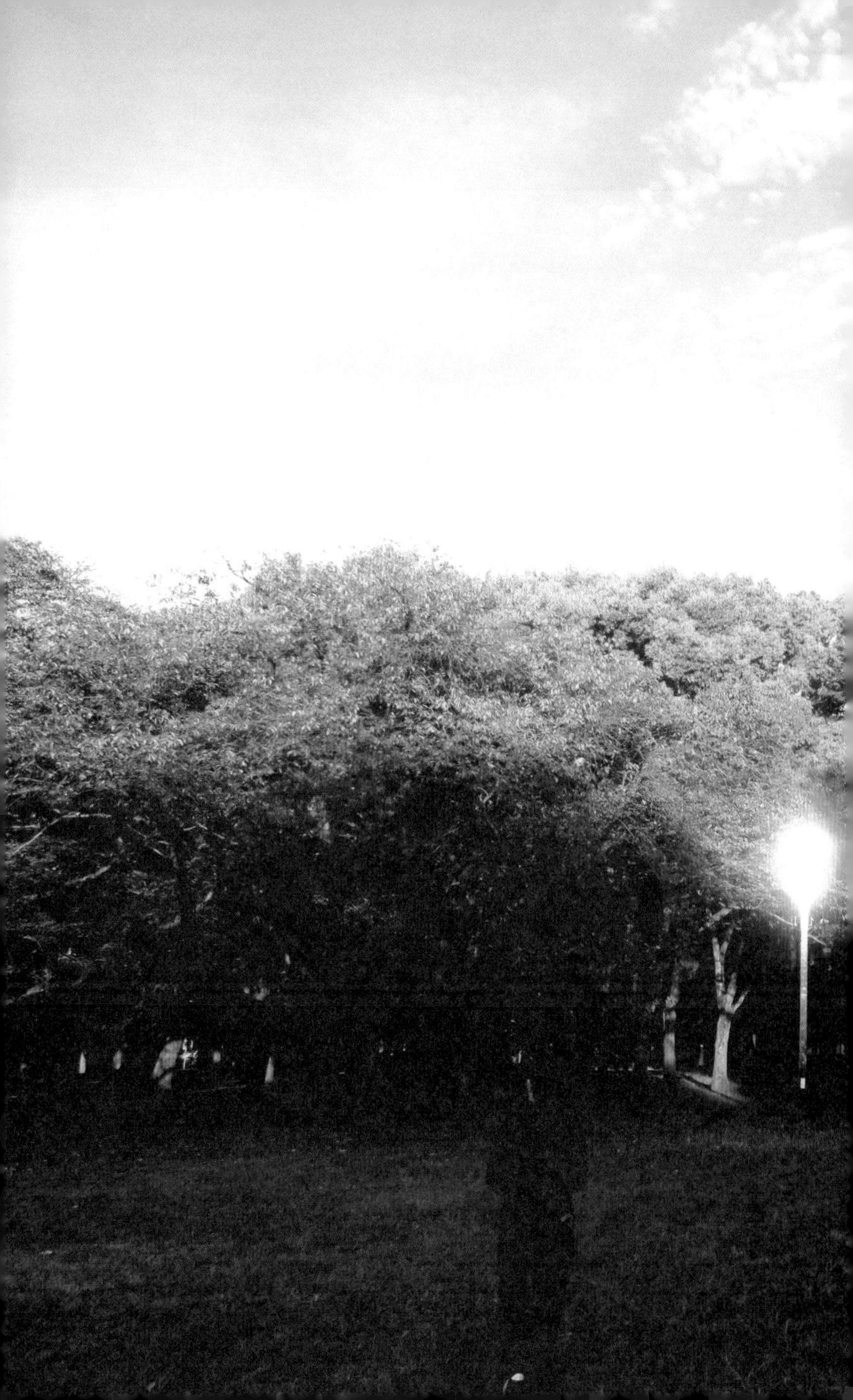

Mの頭の中の消しゴム

白墨で描いたような飛行機雲が青い空を斜めに横切っている。シャープな線が時間の経過とともに少しずつ崩れスカスカの毛糸になっていく。それは、やがて空の「青」に溶けて「無」に帰してしまうだろう。私はなんだか寂しいような羨ましいような気持になった。人生もこんなふうに終えられたらいいのにと思う。突然の死でもなく、また痛みをともなう癌死でもなく、あるいはうたた寝のように逝く老衰でもない、飛行機雲のように少しずつ〝存在〟の痕跡を消していくのも悪くないなと思った。

私は「消していく」という言葉から、Mのことを思いながら井上靖の小説『わが母の記』の中のある一節を思い浮かべた。

「母は消しゴムで己が歩んで来た人生の長い線を（…）次々に手近いところから消していくのである」（『わが母の記』一九七五年刊）

消しゴムで消していくとは、いい得て妙である。それも「手近いところから」という表現も認知症という病の特質を言い当てている。

「それ」は、たぶん誰もが経験したことのある些細な笑い話から始まるのだろう。たとえば冷蔵庫にモノを取りに行って、はて何をオレは取りにきたんだ？とか、店で勘定を済ませたのに肝心の品物を受けとらないで帰ろうとするとか。

妻のMの場合も、そんな笑い話がその兆しだったように思う。十数年前、いきつけの南青山の料理屋での出来事だった。夜は懐石料理を出す店で味も絶品でときどき通っていたが、私が定年退職してからはそうそう贅沢もできず、お昼の天丼を食べに行くのがささやかな楽しみだった。

天丼を注文したとき、店のおかみが話しかけてきた。

「あの、以前いらっしゃった時に、カーディガンをお忘れになりませんでしたか？」

それはどうやら半年くらい前の話のようなのだ。そのあとも何回かこの店に来ているのだが、おかみはずっと気になっていたようすだった。「これです」と見せてくれたのは紛れもなく妻のカーディガンだった。天丼を食べ終え、カーディガンのお礼を言って店を出た。料理も美味しいし、おかみさんもいい人だねと話しながら帰る途中、Mが手ぶらなのに気付いた。「ハンドバッグは?」と聞くと、「あっ、また忘れた」とちょっとはにかんだような顔をして言った。

そのときはまだ、Mの頭の中の「消しゴム」の存在に私は気づかなかった。加齢による物忘れくらいに思っていた。それから数年後の震災の年にMを認知症外来に連れていくことになるとは、その時点では思いもよらないことだった。

ところで認知症の症状を「消しゴム」と表現した井上靖の『わが母の記』のことを書いたが、この小説は一九七五年に三つの短編をまとめて刊行されたものである。

じつはこの認知症の症状を示すキーワードとしての「消しゴム」という言葉は、二〇〇六年に我が国でも大ヒットした韓国映画『私の頭の中の消しゴム』のタイトルにも使われている。映画は、建築会社社長令嬢の女性と粗野な建築現場監督とのいわば格差婚のラブストーリィ。二人は恋仲になり結婚するが、幸福の絶頂もつかの間、女性に若年性認知症の症状が顕われる。ウェブで調べると、この映画のキャッチコピーは「死よりも切ない別れがある」というものである。ちなみにこの映画のヒロインは、世界的に大ヒットした配信ドラマ『愛の不時着』でもヒロインを演じたソン・イェジンである。

井上靖の小説からじつに三十年の時を経て大ヒットした韓国映画のタイトルとして「消しゴム」が使われている。私は、この「偶然」にやや違和感を覚えた。そこでこの韓国映画について調べてみた。すると意外な事実がわかった。

じつはこの韓国映画は、日本のテレビドラマのリメイク版だったのだ。それは読売テレビが二〇〇一年に放映した『Pure Soul 君が僕を忘れても』であり、このドラマの中でヒロインを演じる永作博美のセリフ「私の頭の中には消しゴムがあるの」からきている。私は確信した。おそらく「消しゴム」のルーツを辿っていくと『わが母の記』にいきつくのではないかと。

アミロイドβというたんぱく質が脳の中に蓄積し悪さをすることが記憶障害を引き起こす原因だという科学的知見を、いまでこそ誰もが共有するようになったが、三十数年前に一人の文学者が「消しゴム」と表現したことに、私は感慨と感動を覚える。

認知症患者が痴呆性老人と呼ばれた時代に、「手近いところから」記憶を消していく原因物質の存在を、文学者ならではの観察で「消しゴム」と表現したのだ。鋭い文学者の「気づき」と優れた科学者の「発見」は、どこかで通底しているのではないかと思うのである。

Mスタイル

生き方のカタチは
ひとそれぞれ　千差万別
ほどよい距離感で
ちがいを受け入れてみる
言いたいことを言いあったり
適当に褒めちぎったり
すれちがったり　かみあったり
だから世界はおもしろい

世界は坩堝《るつぼ》　幾千の色　幾億のかたち

ワンダーランド
生きていくことは　七転八倒　七転び八起き
ワンダフルワールド

あなたの生き方のかたちを
〇〇スタイルとよんでみて
ちょっとお洒落にみえるよ
私のスタイル？
介護老人《オールドケアラー》スタイルかな
絵を描いたり、詩を書いたり
ときどき下の世話も
認知症の妻のこと？

ああ、
Mスタイルというのはどうだろう？

ときどき妻が見せる
はにかむような
凪《なぎ》のような笑顔も彼女のスタイルです
（若い頃は派手な夫婦喧嘩もしましたが）

すたすたと妻が通り過ぎていく

すたすた

すたすたと。
まだ見ぬ一日がやってきた。
水たまりの青に。

今日は気持ちのいい秋晴れになるだろうか？
すると。
水たまりを黒い影がすーっと横切る。
通り過ぎた後ろ姿は。
離れた場所でラジオ体操をしていた妻。

すたすたと。
わたしを無視して通り過ぎる。
すたすた。　すたすた。　すたすたと。

今日一日　どんな一日になるのだろう?
すたすたの一日に。
ひとかけのわくわくは転がっているだろうか?
妻と、わたしの一日に。

すたすたと。
歩く妻をわたしは追いかけた。
羽田空港の第二ターミナルで保護されぬように。
すたすたと。

遠いとおい国の何処かへ脱出しないように。

居酒屋にて

母親がダウンジャケットをぬぐと
左手に時計が三つ
娘は思わず「シュール!」と笑った
母と娘との二人飲み
グラスを持つくすり指には
すでに二つの指輪が並んでいるというのに
Mよ
さりげないお洒落が得意だったのに
一体どうしたんだよ?
おまえの手は少し賑やかすぎるよ

私がプレゼントした赤いモンディーンは＊
ダリの絵の時計のように垂れ落ちる気配はなく
娘との屈託のない時間を刻んでいる
別の二つの時計の針はすでにとまったまま
さんざめく思い出と微睡《まどろみ》の中で
かそけく　息をしている。

＊スイス国鉄の公式時計を代表とするスイスの時計ブランド

鎌倉・円覚寺のお地蔵さま

十年前、野仏に会った。妻とふたりで。十年後、わたしひとりで鎌倉に行った。野仏はそこにいらっしゃらなかった。雨ざらしの木彫りなので朽ち果ててしまったのだろうか？　歳月とは「常ならむ」もの。

野仏と会った日

野仏《のぼとけ》の声明《しょうみょう》なのだろうか
木漏れ日を吹き抜ける心地よい風の音だけ

凪《なぎ》のような日もある
今日はあたふたしないでいよう

言葉のちから
言葉ではあらわせないしぐさ
こころというカタチのないもの

人と人の間に浮遊するもの

気遣いと思われないように　傷つけないように
なにも言わないという思いやり

だんねんすると　らくになる
いいかげんでいい　いいかげんがいい

くじけない　と　がんばらない　のあいだ
わくにおさめない　かたにはまらない

つらすぎて涙もでない日
笑いすぎて涙がとまらない時

とりとめのないことばかり話した
なんでもない一言がうれしい

青

空の青
なぜ　こんなにも寂しいのだろう？
海の青
なぜこんなにも懐かしいのだろう？
透き通るような青　深い青
人はなぜ「青」に惹かれるのだろう？
寂しさのわけ

やがて無となり億光年の虚空に還る場所

懐かしさのわけ
かつて水から生まれた原初の生命が初めて見た光のいろ

寂しさは魂を揺らし、懐かしさは心を癒す
それは透明な青いゆりかご
母の、胎内

羽田空港第二ターミナルまで

わたしは歩くことをおぼえた。それから気の向くままに歩いている。わたしは飛ぶことをおぼえた。それから飛ぶために、ひとから背を突いてもらいたくはなくなった。

（フリードリヒ・ニーチェ『ツァラトゥストラかく語りき』佐々木中訳 河出書房新社 二〇一五年）

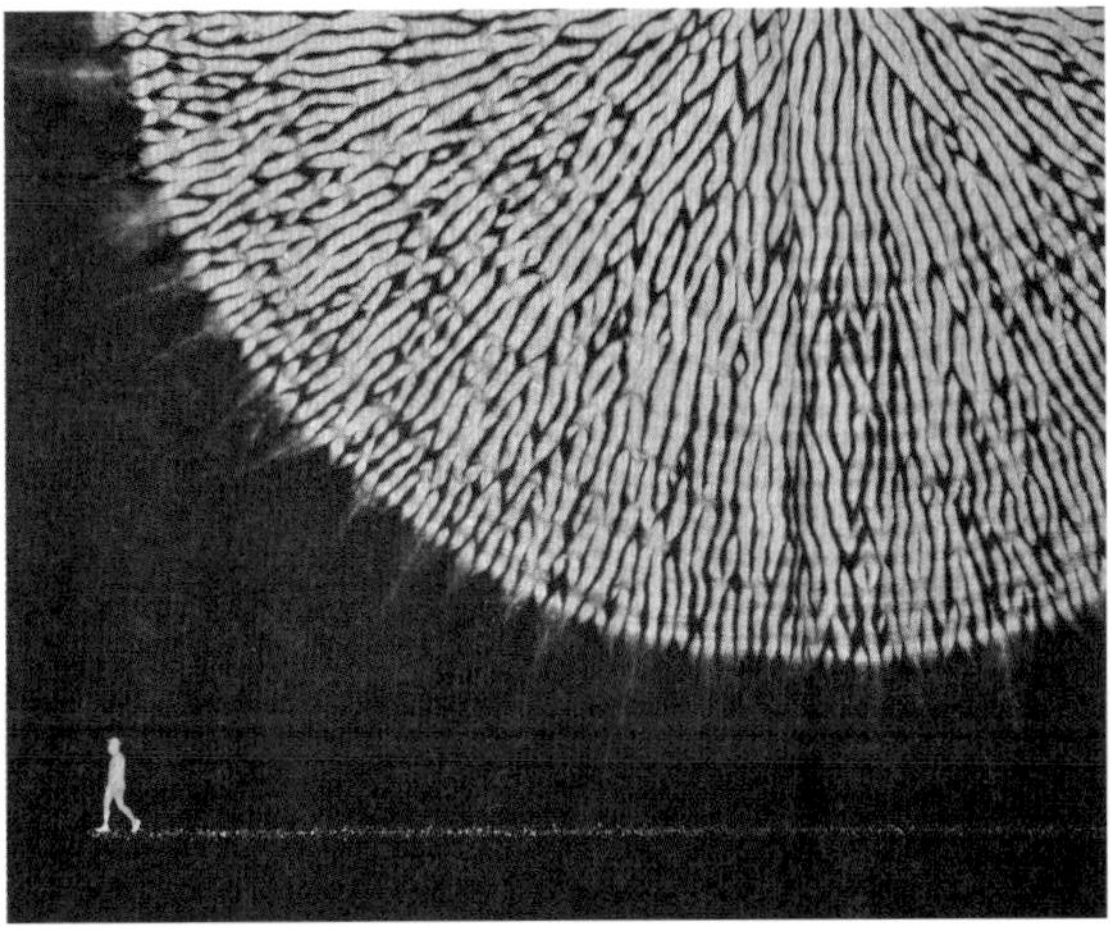

Mの藍染め　代表作「まんだら」部分

彷徨うひと

ロードムービーの主人公《ヒロイン》のように彼女は歩いた
ひたすら何かをめざして　すたすたと
彷徨《さまよ》うひとはいったい何処をめざして歩いたのだろう？
カボチャや人参の入ったレジ袋をさげて
外苑東通りを ひたすら
ただひたすら　まっすぐに

Mは曲がったことが大嫌いな人だった
突き当りは竹芝桟橋
まっすぐ　ただひたすらに

行き止まりだというのに
海に還るつもりだったのだろうか？
それとも虚空へ旅立つつもりだったのだろうか？
たどりつきたい場所は
いったいぜんたい何処だったのだろう？

これまでにMは四度「行方不明」になっている。

代官山

一度目は代官山散歩の途中。振り返るとMがいなくなっていた。あちこちを捜したが代官山のどこにもいなかった。鍵を持っていないので自宅で待つことにした。Mは二時間後に「自力」で家に帰ってきた。

北青山の大きな本屋

二度目は北青山の大きな本屋でいなくなった。表参道交差点の交番に届けた。Mの運転免許証の写真を見せると、若い警官は、赤坂の行方不明者の情報を集約するセンターに、Mの年齢、服装、顔写真などの「情報」を転送した。

都内全域の交番で情報が共有され、通報があると家族に連絡してくれるネットワークシステムだった。その時も数時間後、自分で帰宅した。

地下鉄半蔵門線・表参道駅

三度目は自宅からいなくなってなかなか帰宅しなかった。Mの携帯に電話をするも、どこにいるのか要領を得ない。会社にいる長女にヘルプを頼んだ。長女が携帯に電話をすると駅の行き先案内の放送が聴こえた。

半蔵門線の表参道駅のホームと推測し、Mに「誰でもいいから近くにいる人に電話をかわってもらって！」と呼びかけた。電話に出た人が親切な女性で、自宅の住所を言うと駅の外に出てタクシーに乗せてくれた。

JR原宿駅

四度目は原宿駅から電話があった。原宿駅の改札の手前の鍵のかかる小さな部屋にMはいた。ガードマンがその部屋のドアを開けるとMは怒っていた。帰るよと声をかけると「(ガードマンを) 蹴っ飛ばしてやりたかった」とMは小さな声で呟いた。私は一言「大変だったね」と呟いた。そして二人して無言で家に帰った。

四谷三丁目スーパー丸正

そして、その日。四谷三丁目の本屋でいなくなった。二〇一九年秋、敬老の日。四谷三丁目スーパー丸正総本店で買い物をした。買い物を終え丸正の上の三階の本屋でそれは起きた。ここで待っていてね。動いちゃだめだよ。私は本屋の奥にあるトイレに入った。トイレから出るとMはいなくなっていた。

本屋にもスーパーにも、街中をあちこち捜したがどこにもいなかった。家で待つことにした。陽が落ちてもMは帰らなかった。私は不安になった。

「私はどこに迷い込んだのだろう？」

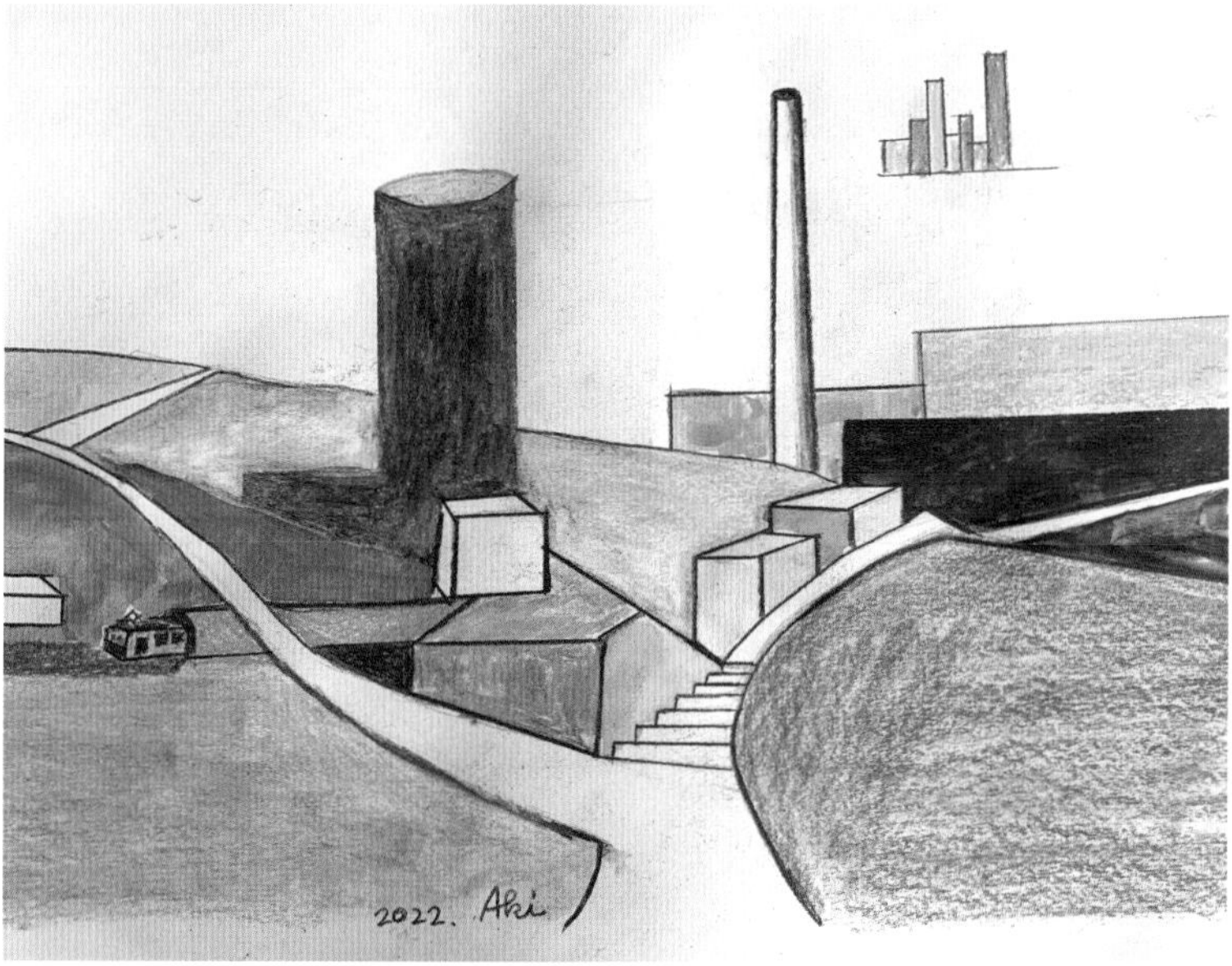

代官山に似た不思議な街の絵

羅針盤のない旅人

認知症研究の第一人者の先生が認知症になった。
その先生本人がテレビに出るドキュメンタリーを観た。
娘さんが言うには先生はデイサービスには行きたくないという。
その先生はかつて認知症を発症した患者にきっとこう勧めたことだろう。
「人との関わりがとても大事です。デイサービスに行きなさい」と。
また先生は、講演会のとき最後に歌う予定だった歌を最初に歌いはじめた。
ドキュメンタリーは、娘さんが焦っている場面を映し出していた。
私は笑った。あるがままだな　と。
それを観ながらなぜかほっとした気持ちになった。
どんなエライ先生でも認知症になるんだ、と思った。
認知症は人を選ばない。
恐れることはない。

それも老いの一つの自然の姿だと思った。
またこうも思う。
難病にかかった人がそうであるように。
認知症の人もさいしょは否定にはじまり、拒絶と怒りを経て、
さいごは受容の道筋を通るということを。
認知症研究の第一人者の先生もさいしょは（自分のそれを）否定し拒絶した。
Mもそうだった。
はじめは病院を拒否し、処方された認知症の薬を拒否し、施設への通所を
拒否した。
つぎに黙って自分の部屋にこもることが多くなった。
『こんなふうに死にたい』（佐藤愛子）とか、
「死」が題名についた本を次々と買ってくるようになった。
また本棚にはこんな本もあった。
『私の記憶が消えないうちに』（吉田日出子）。
ささいなことで怒りっぽくなった。
何年かそんな時間が続いたがやがて落ち着いてきた。

凪のように穏やかになった。

諦観とも少しちがう無意識の悟りのようなものかもしれない。

それは認知症という病の恩寵かもしれない。

認知症の先生は自分の認知症について新聞に書いていた。

自分が認知症になってはじめて認知症という病の本質が分かったと。

＊

Mの失踪は、羅針盤のない旅人のようなものだったのだろうか？

羽田空港までカボチャや人参の入ったレジ袋をぶらさげて、
ひたすら歩いたその道行きの「刻々」とはどんなものだったのだろう？

Mはお金も持っていなかった。持たせていなかった。紛失したり、どこかに仕舞いこんだりするから。

どのようにして「あの場所」にたどり着いたのかずっと疑問に思っていた。

私は、Mの「あの日」の道行きを、自分の足と目で確かめようと思った。

あの日（二〇一九年の九月）、四谷三丁目からモノレールの羽田空港第二ターミナル駅のホームにどのようにしてたどり着いたのかを。

私は、二〇二二年四月、人の気配のないスーパー丸正総本店四谷三丁目店の前に立った。

あの時まだ存在した丸正総本店は建て替えのため二〇二二年正月に閉店した。このビルの三階のあおい書店はすでに年末に閉店していた。本屋は、帰宅のバスの待ち時間にMと二人でよく立ち寄った場所だった。

二年半前の秋の敬老の日にMが行方不明になった場所が解体されようとしている。

人に寿命があるように建物にも寿命があるのだ。

どうやら認知症の人にとってスーパーは厄介な場所のようだ。人が大勢いて物があふれている場所は、認知機能が低下した人にとっては情報量が多すぎてMの頭の中はノイズだらけだったのではないだろうか。

また認知症が進行すると、スーパーがモノを売り買いする場所だということが認識できない。万引きと間違われてバックヤードに連れていかれるのはドラマなどでよく見かけるシーンだ。

私は買い物をしながらそばにいるMには細心の注意を払った。買い物をして店を出ようとした時、手にお菓子の袋をもっているのに気づき、慌ててレジに返しに行ったことがあったからだ。

*

迷子になった三階の本屋は本棚が張り巡らされており、文字通り「迷路」のようなものだったのだろう。夫がトイレに入った記憶は瞬時に消え去り、「私は何故ここにひとりでいるのだろう？　ここはどこなのだろう？　さっきまで一緒にいたパッはどこに行ったの？」と不安になったに違いない。あるいは、Mは本屋が好きだった。ふらりときてふらりと店をでる。過去のそんな体験と同じ感覚だったのだろうか？　それともやはり不安に襲われ、早く帰りたい一心で下に降りるエレベーターに乗ったのだろうか？

二階のスーパーの売り場に私の姿を捜し回ることはしなかったと思う。「同行者」の存在を意識するのはもっと以前の話だ。レジ袋を提げて買い物をすませたような感覚で外にでたのではないだろうか。ここ一、二年の外出時には、はぐれないように、できるだけ手をつなぐように心掛けていた。最初のうちは人の目が気になったが、その時点では私はふっ切れていた。だが男子トイレに手をつないで一緒に入るわけにもいかなかった。

＊

新宿通りを挟んだスーパーの正面に四谷三丁目交番があった。

私はMがいないことに気づき書店とスーパーの店内を捜し回った後、この交番に立ち寄ったのだった。Mはその日の夜、想像もつかない場所で発見されたが、それはこの交番に行方不明者発見に必要な情報を提供したことが幸いなことに決め手だった。表参道の交番で教えてもらった行方不明者の情報が東京中の交番で共有されるという知識とその経験が役に立ったのだ。

交番をでたあと私は長女に連絡した。幸いその日は休日だった。私が帰るまで我が家に来て留守番をしてほしい。ふらりと帰ってくるかもしれないから、と。

私が家に帰ると長女と連れ合いがいるだけでMの姿はなく、どこからも連絡はなかったという。そのあと、娘とその連れ合い二人で丸正近辺を自転車で捜し回ったがMは見つからなかった。

それにしてもMはどうやって発見場所のモノレールの終点、羽田空港第二ターミナル駅まで行ったのだろう？　どのような道順と手段を使って〝あの場所〟までたどりついたのだろう？　のちに長女は「どうやって行ったんだろうね、不思議だね。マーちゃんはやっぱり謎の人、うける！」と言った。

七十五歳を過ぎる頃から認知症の症状が目に見えて進んでいた。

ある時、Mを美容院に連れていったとき店で足元をみると右足にスニーカー、左足に私のサンダルを履いていることに気づいた。親しくしている美容院のママが笑い転げた。

本人ははにかみながら一緒に手を口に当ててほほほと笑った。

またこんなこともあった。デイサービスに送り届けたとき、職員さんが「お父さん、マスクを頭にも付けてるよ」と笑いをこらえて言った。家の玄関を出るときマスクをしていないと思い、あれ、マスクはどこやった？　Mは紐を両耳にかけたままマスクを頭に持ち上げていたのだ。私はそれに気づかずMにもう一枚マスクを付けたのだった。

そんな日常のエピソードは笑い話になるが、「行方不明」にいたっては最悪の事態が脳裏をよぎった。

Mのその日の行動は、発見された終点の第二ターミナル駅の時刻（午後七時半頃？）から逆算すると、わりとシンプルな道順だったのではないかというのが私の推理だ。

つまり丸正を出てすぐ右の外苑東通りをまっすぐ行くと大門・浜松町にたどり着く。Mの足で所要時間は一時間半から二時間。モノレールでは、浜松町から第二ターミナル駅まで普通運航で二十四分、空港快速で十八分。行方不明になったのは午後三時三十分頃、空港の交番から連絡がきたのが午後七時半過ぎ。第二ターミナル駅のホームで駅員に保護されるまでの時間を考慮すると、約四時間の「空白」とこの道順で行く所要時間がほぼ当てはまる。

四谷三丁目からの直近の地下鉄は千駄ヶ谷の国立競技場駅である。だがそこまで行くのに徒歩で二十分はかかる。またこの駅は地下深くに改札があり分かりにくい。仮に改札に行けたとしても金もなくSuicaも持っていないのでおそらく改札でひっかかる確率が高い。やはり徒歩でモノレール駅のある大門までトコトコ歩いたと考えるのが順当なところだろう。

認知症が進行すると視野が狭くなるという。周りが見えなくなるのだ。介護の職員が正面に位置して顔を覗き込むように話しかけるのもそのためだと言われている。わき目もふらず、というよりわきをみてもおぼろげで正面だけをみて歩いたのかもしれない。

周囲を見るということは、見慣れた看板とか目印を認識し、自分がいる位置関係を把握することだ。街は自分を導いてくれる「記号」であふれている。Mにはそれが理解できない。ノイズだらけの抽象画の世界に迷い込んだようなものだろう。

おそらくMはこのとき「羅針盤のない旅人」だったのだ。

認知症の人の行動の代名詞のような言葉に「徘徊」という言葉がある。私がこの言葉をあまり使いたくないのは、やや揶揄的な響きがあることもあるが、当事者の視点や不安感への想像力の欠如を感じるからだ。健常な人であれば経験と知識から頭の中に「地図」があり、もう少し行けば角にあの店があり、そこを曲がれば目的地に着くと想像できるが、Mの場合、すでにその経験や知識は頭の中の消しゴムで一部または全部をかき消されているのだ。

デイサービスでMが活けた花の絵

道行きの検証

午後三時三十分　四谷三丁目交差点

ここからは私の脳内のMとの仮想の対話をしながら「あの日」の〝失踪〟経路を歩こうと思う。なお「対話」に登場する呼び名は、妻はMまたはマーちゃん、「パツ」は私、「ネス」は長女、「チュン」は次女と家族間で呼び合う愛称であることをお断りしておく。

私はその日のMの行動を検証するために四月の休日の午後三時半に丸正本店の前に立った。日の入りの時間や交通機関の運行時間など「あの日」の状況を考慮した。

丸正から二十メートルほどの信号のある交差点に向かう。

「マーちゃんどうする？　まっすぐ行っちゃうと四谷駅にでるよ」

「わからないわ。なんだか人が多いわね。前の人のカーディガンが素敵ね」

信号が変わったので信号を渡る。Mは人の流れとともにカーディガンの人が右に曲がったのでつられて右に曲がる。いよいよ外苑東通りだ。まっすぐ行くと、かつて住んでいた官舎（南元町）の最寄り駅の信濃町駅前にでる。

「マーちゃん、ここどこだかわかる？」

「わからない。どこ？」

「二十五年ほど前に住んでいた街だよ。お寺の多い町だよ。もうちょっと行ったところを左に入るとお岩さんの小さな神社があるよ。お岩稲荷っていったかな？　一緒に行ったことあるよ」

「そう？　なんかスーパーや石窯で焼くパン屋さんには行ったような気がする」

「そうだよ。この外苑東通りは信濃町からスーパー丸正に行くときよく通った道だよ」

Mの心の何処かに昔の記憶の残滓が残っているかもしれないと思いながら私は歩いていた。

午後三時四十五分　信濃町駅前

信濃町という地名は、信仰の濃い町ということから名付けられたと誰かに聞いたことがある。寺院だけで二十近くある。そうでなくともこの地域一帯は某宗教団体の城下町のような街である。かつては食堂や喫茶店、本屋の店先に宗教団体をアピールする三色の小旗が飾ってあったが、いまはあまり見かけない。

JR信濃町駅前。懐かしい場所だ。この駅を出てすぐ右に曲がり四谷方向に歩くと四年ほど住んだ官舎があった。五十代のころだ。Mが認知症を発症する前に、その建物があった場所を散歩がてら二人で訪ねたが、その場所はすでに瀟洒な民間のマンションになっていた。

「マーちゃん、懐かしいね。信濃町駅だよ」

原宿の官舎が建替えで新官舎ができるまでの引っ越し先が信濃町の官舎だった。

「チュンが原宿の中学校に通っていた頃、電車で迎えにいった駅だよ。もう二十五年も経っているんだね」

あの頃、知的障害のある次女を地域の子どもたちと一緒の学校に行かせたいという思いから小・中学校とも「普通学校」に次女を通わせていた。

「あの時は大変だったわ。行きはパツが車でチュンを送ったけど、お迎えは私。

山手線を代々木で総武線に乗り換えて信濃町で下車。電車を降りたらチュンがホームで座り込んで、無理に連れて行こうとしたら片方の靴を線路に放り投げて、もうこっちがパニックになったわよ」

「ああ、そんなこともあったね。学校でいい子にしてたぶんどこかで発散したかったのかもしれないね。電車の音が好きで三十分も一カ所でフリーズした（動かない）こともあったね。たぶん今思うとそれはチュンの反抗期だったんだよ。その子がいまやアラフォーだよ」

「三十歳の時には、アラサー・ホイサッサー！って、チュンはふざけてたね」

「今年で四十二歳かぁ。もうアラフォーともいえないかな。親も歳を取るはずよ。わたしたち、そろそろ喜寿よ。わたしもすっかりボケちゃって。ほほほ」

私の脳内でMは笑った。

目の前に慶應義塾大学病院があった。

慶應義塾大学病院は、震災直後の十一年前の五月、メモリークリニック（認知症外来）にMを連れて初めて訪れた場所だった。

診察室の前で待たされる間、Mは終始不機嫌だった。

「いやだ。そんなとこいかないわよ。わたし」というのをなだめすかして連れてきたのだった。

診察室に入ると、様々な質問がなされた。年齢は何歳ですか？　とか今は何年の何月何日か？　とか絵を使った記憶テストのようなことを矢継ぎ早に聞かれた。

Mは診察室をでると「子どもじゃあるまいし、あんな質問にこたえたくないわ。もうこない！」と怒っていた。この検査はあのドキュメンタリーの主人公、認知症研究の第一人者その人が開発した「長谷川式簡易知能評価スケール」という検査だった。

信濃町の駅のある歩道を通り過ぎた。やはり反対側の慶應義塾大学病院のある歩道ではなくこの道だったのではないかと思った。慶應義塾大学病院側の歩道だと総武線（中央線）を横切る橋を渡り、そのまま道なりに行くと外苑東通りから反れて神宮外苑の中に入ってしまう可能性がある。信濃町駅はなんども利用した駅だった。かつての自宅に向かうとき、必ず通ったなじみの道だ。明瞭な記憶ではなく本能的な何かがMにこの歩道を歩かせたのではないか？

私は国道二四六号線と交差する青山一丁目に向かった。

Mが「失踪」したのは二年半前の秋だったが、いまは四月初旬。東宮御所側の歩道では街路樹のゆりの木の新緑が芽吹き始めていた。反対側の北青山団地側の桜並木の花はほぼ散っている。

午後三時五十五分　青山一丁目交差点

青山通りの交差点に出た。ここで、はたと迷ってしまう。

「どっちにしようかな？　正面にビルの階段があるけど上るのは嫌だな。左かな？」

脳内のMは迷っている。「徘徊に共通する特徴は、なぜか左に曲がる人が多い」と言った著名な町医者の長尾和宏の言葉を私は思い出した。認知症者の徘徊を「夕暮れ症候群」といい、帰宅願望の一つらしい。左折は「夕暮れ症候群」に多いらしい。

ツインタワーのウエストビルが目の前にある。外苑東通りは「国道三一九号線」のことだが、地図を見ると三一九号線はツインタワービルの裏手を起点に二手に分かれることになっている。ツインタワーに沿って五十メートルほど行きT字路を右折すると、もう一つの「外苑東通り」である。いっぽう青山一丁目の交差点を素直にまっすぐ行くとモノレールのある浜松町から大きくそれることになる。信号を渡って左折するか、横断歩道の真正面にあるビルの階段を上ってビルの裏手の小公園に降りて左に曲がると、目的の浜松町につながる外苑東通りにでる。

とりあえずビルの階段を上って裏手の公園にでる。道路を挟んで正面に高層ビルがある。ここにはMとよく来た港区立赤坂図書館が三階に入っている。ともかく左に曲がり外苑東通りにでる。乃木坂、六本木方面に向かう。

午後三時十分　乃木坂・ミッドタウン

乃木坂「山王病院」が見える。ここは三カ月に一度、十年以上通った娘の病院だ。元東大病院の小児科医でNHKの教育番組にも時々出演するS先生が主治医だった。先生が山王病院に替わられて以後も、成人したチュンをこの病院で診ていただいていた。またS先生はMの認知症のことも気にかけてくださっていた。

Mの記憶のどこかに、通いなれたこの病院への感覚があったのかもしれない。

「マーちゃん、乃木神社の骨董市にもよく足を運んだね」

「東郷神社もよく行ったけど、ここにも来たわね。江戸小紋の布を買ったのはどっちだったかしら？」

Mは古い磁器の蕎麦猪口を集めたり、古裂を買い求めたりするのが好きだった。東京の下町出身のMは、骨董屋のおじさんと丁々発止のやり取りをしながら欲しいモノを値切ったりしていた。また乃木坂の現代美術館やミッドタウンのサントリー美術館の展示会や個展をよく見に行き、レストランでランチを食べたりした。

ミッドタウンの展示会で撮った思い出深い1枚の写真が残っている。アート作品のNOとYESの文字の間で思案気な顔をしている。現在のMを予感させるような不思議な写真だ。

「変な写真ね。いつ撮ったの？」
「わからない。ミッドタウンができたころかなぁ？」
「勝手にこんな写真公開しないでね」

午後四時二十分　六本木交差点

ミッドタウンから六本木交差点に向かう歩道は多くの若者であふれていた。六本木通りの上を通る首都高渋谷線の高架が威圧的だ。Mは六本木通りの長い横断歩道を渡ったのだろうか？　大通りにある信号をMはどのように認識したのだろう？　認知症の人は、時間や空間の認識が困難だという。横断歩道を赤信号になる前にちゃんと渡りきるには、その歩道の距離や渡りきる時間を予測しなければならない。また認知症が進行すると信号の青・黄・赤やその点滅の意味を理解できない。

私は、二年ほど前からMと一緒の時にはいつも手をつないで歩くようにしていた。ときどき赤信号で渡ろうとすることがあるからだ。おそらく六本木は人通りが多く、その流れに乗ってこの交差点を渡ったのだろう。人通りが多いのが幸いしたのかもしれない。

午後十六時三十分　飯倉片町

六本木のロアビルを反対側に見ながら直進する。ロシア大使館の前を通る。装甲車が五台も大使館の前の車道に停まっている。ウクライナ侵攻に反対する人たちがロシア語で戦争反対を叫んでいた。あのころはまだなかった光景だ。

コロナ禍や世界を揺るがすロシアのウクライナ侵攻で世界は一変した。

Mがもし健康であったなら、この不条理で渾沌とした時代をどう思うだろうか？

彼女は声高に反戦を叫んだりする人ではなかったが、戦火や飢餓で苦しむ子供たちのためにユニセフなどへのカンパを毎年欠かさなかった。それが彼女なりのやり方だった。Mはそれを自慢げに他人に話す人ではなかった。

「パッちゃん、ウクライナ大使館にカンパを届けようかな」

いま起きているウクライナでの戦争にMのそんな声が聞こえそうな気がした。

私は数日前、ラジオ体操をパスし早朝散歩で、西麻布のウクライナ大使館まで歩いた。もしMが健康であれば、むしろ彼女のほうが私より先に実行したはずだ。

その大使館は外苑西通りから右に入った住宅街にあった。ウクライナ国旗の色の青と黄のたくさんの花束が戦火の写真の前に飾ってなければ個人の邸宅と見間違うような小さな建物だった。朝の六時半だったが、私のすぐ後に四人組の若い男女が訪れた。「ここに募金の案内が書いてあるよ」と話をしていた。

広大なロシア大使館の前を通りながらロシアという大国の横暴とこの国の行く末に、私は思いを馳せていた。

飯倉片町の交差点にでるとこんどは首都高目黒線が桜田通りの上を走っている。

また難関だ。厄介なことに、ここは横断歩道ではなく地下道をとおらなければ直進できない。いったん外苑東通りの反対側に行けば直進の横断歩道がある。地下道を前にMは逡巡するはずだ。潜る人も出てくる人もはあまりいない。

私の脳内のMが呟く。

「パッちゃん。この穴のような階段はどこに続くの？　入ったら何処にも出られないような気がする。階段も急すぎて降りるのが怖いよ」

「だったら右の横断歩道を渡ってからまた高速の下の横断歩道を渡るといいよ。ほらみんな渡っているだろ」

私は、迂回して高速下の大通りを横断する。もし地下道をもぐったとすれば、出口は直進方向と左に出る桜田通り沿いの歩道に出る二つの出口がある。Mは恐らくそこでも迷ったはずである。「夕暮れ症候群」のセオリーで左に行けば迷走

おかげさまで
20周年！

書肆侃侃房
Shoshikankanbou

ベルクソン思想の現在

檜垣立哉、平井靖史、平賀裕貴、藤田尚志、米田翼

本体1,800円＋税　978-4-86385-556-4

伝説の連続トークイベント、ついに書籍化！

哲学者アンリ・ベルクソンの主要4著作を読み解く白熱の徹底討議。20世紀の生の思考がいままさに炸裂する。未来への可能性に満ちた、まったく新しいベルクソン入門誕生！

『時間と自由』『物質と記憶』『創造的進化』『道徳と宗教の二源泉』、ベルクソンの主要4著作を徹底的に読み解いていく。加えて、著者全員が参加した座談会「これからのベルクソンをめぐって」も収録。ここから先の道しるべにもなるブックガイドも付した。

花と夜盗　小津夜景

本体1,900円＋税　978-4-86385-552-

現世《うつしよ》のカオスにひそむ言葉の華麗な万華鏡《ミクロコスモス》
――谷川俊太郎

英娘鏖　はなさいてみのらぬむすめみなごろし

『いつかたこぶねになる日』などエッセイでも活躍する俳人・小津夜景。
田中裕明賞を受賞した『フラワーズ・カンフー』に続く6年ぶりの第二句集。

ふんっする生理　経血トレーニングで変わるあなたの生理

松原もとこ

本体1,300円＋税　978-4-86385-553-3

やることはひとつだけ！
経血をトイレで出す新習慣「経血トレーニング」を始めよう

ちょっとしたきっかけで、ちょっとしたことを始めたら、私の生理はどんどん楽に。
・生理がほぼ3日で終わるように　・夜の経血量が減った　・ナプキンの使用量が激減　この本では私の生理を楽にした「ちょっとしたこと」を大公開！
一緒に生理が変わる楽しさを体験しませんか？

星座を探しに行こう　平井正則

本体1,400円＋税　978-4-86385-555-7

星座を見るのが楽しくなる！

星座線が書き込める季節の星座案内を活用。3ステップで勉強できる実用的案内書。この本を持って、星座を探しにいこう！

季節の星座案内／星座物語／天文学メモ／雨の日の天文学　etc.
目前の「宇宙」を見に、夜空を見上げ、手を広げて、夜空の星を確かめ、思い、楽しむ。そして、確かな宇宙のほんの一部をともに考え直し、感じてみましょう。超大で、悠久な宇宙への接し方のひとつを読者と考え、提案したいと思います。

文学ムック　ことばと　vol.6

本体1,700円＋税　978-4-86385-548-9

特集　ことばと戦争

巻頭表現　谷川俊太郎　**インタビュー**　高橋源一郎　**小説**　北野勇作　高山羽根子　早助よう子　吉村萬壱　**評論**　小峰ひずみ　水上文
創作　小山田浩子　仙田学
翻訳　ロシア――戦争に反対する詩人たち　解説・訳　高柳聡子

第4回ことばと新人賞　受賞　福田節郎　佳作　井口可奈
選考座談会　江國香織　滝口悠生　豊﨑由美　山下澄人　佐々木敦

月面文字翻刻一例　川野芽生

本体1,700円＋税　978-4-86385-545-8

誰もが探していたのに見つからなかったお話たちが、こうして本に育っていたのをみつけたのは、あなた。――円城塔

第65回現代歌人協会賞を受賞した歌集『Lilith』など、そのみずみずしい才能でいま最も注目される歌人・作家、川野芽生。
『無垢なる花たちのためのユートピア』以前の初期作品を中心に、「ねむらない樹」川野芽生特集で話題となった「蟲科病院」、書き下ろしの「天屍節」など全31編を収録した待望の初掌編集。

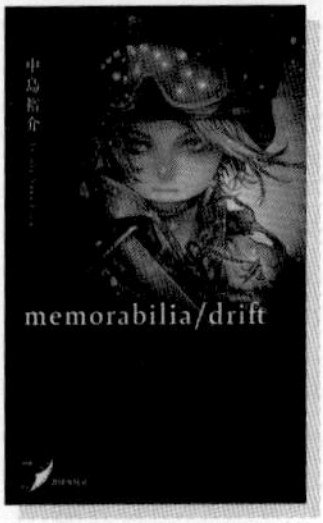

現代歌人シリーズ35

memorabilia/drift　中島裕介

本体2,100円＋税　978-4-86385-551-9

誰のものでもない非人称の「メモラビリア」の世界へと誘い込んでいるのだ――菅原百合絵

これは短歌なのか、短歌とは何かという、普段なら意識せず済ませてしまうような問いが喚起される――濱松哲朗

信仰を持たないわれも祈りたくなることがあり手で手に触れる

交差点で見せたバレエの一幕の、ほら弾けそうに見えないか、皆

現代短歌クラシックス10

窓、その他　内山晶太

本体1,600円＋税　978-4-86385-557-1

思い出よ、という感情のふくらみを大切に夜の坂道のぼる

日々の労働と都市で生きる者の日常。他人からすればどうでもよいかもしれない、ただ、見過ごせないことやもの。静かな内省を基底におきながら、希望と祈りが自然とわきあがる。現代歌人協会賞を受賞した第一歌集、待望の新装版！

たんぽぽの河原を胸にうつしとりしずかなる夜の自室をひらく

口内炎は夜はなひらきはつあきの鏡のなかのくちびるめくる

少しひらきてポテトチップを食べている手の甲にやがて塩は乗りたり

現代短歌クラシックス11

緑の祠　五島諭

本体1,500円＋税　978-4-86385-558-8

海に来れば海の向こうに恋人がいるようにみな海をみている

「新鋭短歌シリーズ」での初版刊行からちょうど10年。『緑の祠』以後の作品を増補し、五島諭の全短歌作品を集成した一冊。

ミュージックビデオに広い草原が出てきてそこに行きたくなった

物干し竿長い長いと振りながら笑う　すべてはいっときの恋

怪物もきれいなほうがいいなあと夕陽に向かってかざす羽箒

身の丈に合わない品はかなしむに足る身の丈に合わない品は

海亀のテント　小池正博

本体1,800円＋税　978-4-86385-554-0

海亀のテントめざして来てください

アンソロジー『はじめまして現代川柳』編者、『水牛の余波』『転校生は蟻まみれ』に続く6年ぶりの川柳句集。

褒められたときには顔を取り換える

握っても握り返さぬニュータイプ

どうしても緑に染まる鳩と蛇

アバターの睫毛が動く月曜日

蜘蛛降りて少女の肩に網を張る

廃園にひとさじ運ぶ離乳食

していたはずである。

午後四時四十分　東京タワー

東京タワーが見えてきた。近くで見ると見慣れたタワーの大きさと威容に圧倒される。

「マーちゃん、東京タワーだよ。行ったことある?」

「馬鹿にしないで。私は江戸っ子よ。東京タワーは私が小学六年生の時できたのよ。パツよりずっと早くに見に行ったわよ」

Mと私は、同じ昭和二十年生まれ。東京オリンピックの年に高校を卒業している。かくいう私もオリンピックの年に上京した際、まだ高層ビルも少なかった時代で、大都会に聳えるあの赤いタワーを目指して徒歩で訪れたものだ。戦後の焼け跡から復興し、高度成長に向かい先進国の仲間入りする高揚感に日本中が包まれていた。そのシンボルが東京タワーだった。私もMもその時代の空気を吸い希望に満ちた青年期をすごした日本人の一人だった。

四月、東京タワーには、早くも子供の日に向け沢山の鯉のぼりが泳いでいた。その下で親子連れや観光客がタワーと鯉のぼりを見上げていた。

午後四時五十分　増上寺

東京タワー、芝公園、増上寺のある一帯は観光スポットだ。全国から海外から観光客が訪れる。「その日」は敬老の日で祝日だった。秋の穏やかな天気で人出も多かったに違いない。人の流れに乗って歩く。信号を渡るとプリンスホテルと増上寺の間に木々に囲まれた小径がある。増上寺側がガードレールのついた歩道になっている。道沿いの寺の境内に夥しい数のお地蔵さまがならんでいた。お地蔵さまは子育て地蔵というが、私には、童心に帰ったお年寄りたちに思えてしまう。

この景色をMはどう思って歩いたのだろう？　この壮観で色鮮やかなお地蔵さまの群れを。だがMは地蔵など目もくれず、まっすぐ歩いたのではないか。もう二時間近くも歩きっぱなしだ。相当疲れているはずである。日の入りが少しずつ近づいている。Mの体力・気力は限界に近づいていたと思う。

「はやく家に帰りたい」脳内のMが呟いているように私には思えた。

午後五時五分　大門・浜松町界隈

大門・浜松町界隈に着いた。まっすぐ行くと海だ。伊豆七島に行く竹芝桟橋がある。

大江戸線を使うと千駄ヶ谷もしくは青山一丁目から大門駅までだと十分そこそこの距離だ。四谷三丁目から歩いて私の足で一時間半を要した。Mの足だと二時間はかかったかもしれない。

Mはお金を持っていない。財布を持っていても原宿駅での一件があるように切符を買って改札を通過するのは難しい。また無賃乗車を乗車と下車の二カ所でスルーするとは考えにくい。やはり外苑東通りを通って大門＝浜松町にたどり着くのがいちばん合理的だ。もうひとつの可能性は、青山一丁目交差点から分岐するもう一つの三一九号線を直進する方法だ。これだと芝公園に行き着き、隣接する増上寺↓大門・浜松町エリアにたどり着くことが可能だ。Mの道順はこの二つが有力だ。

ともかくMはここまでたどり着いた。

「やったね、マーちゃん！　お疲れさま。これからもうひと踏ん張り。次はモノレールに乗るよ！」

「ふう。疲れたわ。お金もないし水も買えない。熱中症になっちゃうよ。もう夕方だよ。レジ袋も重たい。はやく家に帰りたいよ」

脳内のMはどうやら「夕暮れ症候群」の限界に達したようだ。正面に大通りをまたぐJRの線路（山手線など）が見えてきた。その手前に始発駅の東京モノレール浜松町駅がある。電車に乗れば家に帰れる、Mはそう思っただろうか？　おそらく歩き疲れ夢遊病者のように、右手のモノレール駅のある方向にむかったのではないか？

午後五時十分　東京モノレール浜松町駅

いよいよ東京モノレール浜松町駅。羽田空港に向かう始発駅だ。モノレール駅は、地下鉄大江戸線「大門駅」から徒歩で三分ほどのところにある。だが二〇二二年四月の現在、モノレール駅の入る駅は工事中で、JR浜松町駅に隣接する臨時通路を通らなければならない。白い養生壁にモノレール駅への案内板が貼ってある。大門駅の入るビルから合理的にモノレールにアクセスできるようにするための改良工事なのだろう。だがMが外苑東通りの歩道をまっすぐきたとすれば唯一残っているこのモノレールへの道はいちばん分かりやすい通路だろう。

たぶんMは、スーツケースをガラガラと引っ張って歩く人の後をついていったと思う。突き当りに改札へのエレベーターと階段がある。三階が改札だ。フロアから見ると改札の左に駅員のいる小さな相談窓口兼改札が設置されている。ここは間口が広く自由に通り抜けできるようになっている。私が来た時には、係員はいたが、フロア側の相談窓口で何やら下を向いて書類に見入っていた。隣接する改札は素通り可能な盲点になっていた。たぶんMはストッパーのないこの改札から切符なしで通過したのだろう。それ以外に考えられない。

「大丈夫だった。何も言われなかった。すっと入れた　ラッキー。これで電車に乗って家に帰れるわ」

脳内のMは得意げな顔をして言った。無賃乗車のMを乗せたモノレールはガタゴトと独特の振動を乗客に伝えながら羽田空港に向けて滑り出した。

モノレールの電車はほぼ五分おきに出発する。そのうち快速は十五分おきに出ている。所要時間は、終点の第二ターミナルまで快速だと約十八分、各駅だと約二十五分かかる。

その二年半前の同時刻、私は見るともなしに大相撲中継を見ながら警察からの電話をまっていた。前日までは小兵力士の炎鵬の取り組みを楽しみにしていたが、その日はそれどころではなかった。

相撲中継が終わっても、まだどこからも電話はなかった。

post card

恐れ入りますが、切手をお貼りください

810-0041

福岡市中央区大名2-8-18
天神パークビル501

書肆侃侃房 行

フリガナ
お名前　　男・女　年齢　　歳

ご住所　〒

TEL(　　　)　　ご職業

e-mail：

※新刊・イベント情報などお届けすることがあります。　不要な場合は、チェックをお願いします→□
著者や翻訳者に連絡先をお伝えすることがあります。　不可の場合は、チェックをお願いします→□

□**注文申込書**　このはがきでご注文いただいた方は、**送料をサービス**させていただきます。
※本の代金のお支払いは、本の到着後１週間以内にお願いします。

本のタイトル	冊
本のタイトル	冊
本のタイトル	冊

愛読者カード

□本書のタイトル

□購入された書店

□本書をお知りになったきっかけ

□ご感想や著者へのメッセージなどご自由にお書きください

※お客様の声をHPや広告などに匿名で掲載させていただくことがありますので、ご了承ください。

◀こちらから感想を送ることが可能です。

書肆侃侃房　http://www.kankanbou.com　info@kankanbou.com

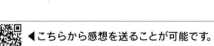

帰還した旅人

午後七時過ぎ、私の携帯の呼び出し音がなった。女性の声だった。電話は羽田空港第二ターミナル駅交番の婦人警官からだった。羽田空港と聞いて一瞬、えっ！　と驚いたが、ああ無事だった、見つかってよかったと安堵した。

長女のネスに連絡した。警察から電話があってMが羽田空港で保護されている、羽田に一緒に行ってくれる？　と。長女は、いまダンちゃんと真吉さんとこにいる。いま来たばかり。一品だけ食べて十分後にそっちに行く。一緒に迎えに行くよと返事を返した。

ダンちゃんというのはイギリス人で長女の連れ合い、「真吉」は我が家の裏の行きつけの居酒屋だ。日中、二人ともMを自転車で捜し回ったりして夕飯の準備も面倒だったのだろう。焦ってもしょうがない、「果報は飲みながら待て」という腹積もりなのだろう。こういう時にわりと肝が据わっていて頼りになるのがネス君だ。

「タクシーで青山一丁目まで行って大江戸線に乗ろう。大門まで行って浜松町からモノレールだね」家に来た長女はこれからの段取りを口にした。

私たちは、まだ夜は肌寒いのでMの羽織るものや紙パンツなど着替え一式をリュックに詰めて自宅をでた。

羽田空港第二ターミナル駅

タクシー、地下鉄、モノレールと乗り継ぎ、私たちは慌しく婦人警官が指示した羽田空港第二ターミナル駅交番にむかった。

久しぶりにモノレールに乗って、空港のターミナル駅が、第三↓第一↓第二という順にとまり「第二」が終点ということを初めて知った。空港もずいぶん変わった。

娘は仕事の関係で海外など出張も多く旅慣れていて空港などの位置関係も精通していた。行きのモノレールの電車内でも、スマホを使って交番の位置や空港から渋谷駅への帰りの直行バスの乗り場と出発時間を検索していた。私一人だったらオタオタしてかなり手間取っただろうと思った。あらためて長女の存在を心強く思った。

第二ターミナル駅についた。長女が、電話をくれた婦警さんに連絡を取ると、これからMを交番に連れてきてくれるという。どうやら駅構内の保安室のようなところでMは保護されていたようだ。私たちは直接交番に向かった。

交番は細長い空港の建物の端のほうにあった。交番に着くと男性の警察官が応対してくれた。「いま迎えにいっています。いまこちらに向かっているようです」と警官はこたえた。

長女と二人、交番の外で待った。数分後、空港のリムジンバスのバス停がいくつも並ぶ歩道を、Mは婦警さんに連れられてわれわれの方に近づいてきた。

Mはそれほど疲れた様子にはみえなかった。私たちの顔を見て笑みがこぼれた。まるで長旅の海外旅行から日本に帰還した旅人のようなほっとした表情で。そして迎えに来た我々に気づくと「あら迎えに来てくれたの？　来てくれなくてもよかったのに」とでも言いたげな、はにかむような笑顔を返した。手にはしっかりとスーパーで買ったカボチャや人参の入ったレジ袋を提げているのが可笑しかった。

「お腹空いたね。蕎麦でも食ってく？」と私が聞くと、

「うん。お腹空いた。そうしよ」

彼女は、傍目にはフッーの連れ合いのような顔と言葉で私の提案に賛同した。

（参考）認知症者の行方不明に関する統計

「2020年中に認知症やその疑いで行方不明となり警察に届け出があったのは、前年より86人増の1万7565人だったことが警視庁の集計で分かった。12年の統計開始から毎年、過去最多を更新し8年で1・83倍になった。214人は20年中所在が確認できなかった。（……）厚生労働省の推計では、団塊の世代が75歳以上になる25年には、高齢者の5人に1人が認知症になるとされる。自治体は民間と連携した早期発見のネットワーク構築を、政府は発症や進行を遅らせる「予防」を目指す。」（インターネットで取得した情報より）

補記：検証のためにモノレールにも乗った。羽田空港第二ターミナル駅をうろうろし、そのあと交番にも行った。取材はしなかったが、交番の掲示板には、凶悪犯の顔写真と並んで、「探しています」の言葉を添えた五名ほどのお年寄りの「行方不明者」の写真が貼ってあった。凶悪犯より多い！　右の統計を裏付けるような数の多さだ。認知症者の行方不明事件はいまや全国的「日常」なのだ。

本と木の寓話

原宿にある高層マンションの公開敷地の木のベンチ

本と木の寓話

木と本は似ている
むかし木と本はちかい親戚だった
分家になった木は本家から
一という字をもらい本と命名された
当時、本は木簡とかパピルスとよばれた
時が経ち木の本は進化し紙の本になった
ながい間、本は死んでいった人たちの記憶の入れ物になった
やがて誇らしい千年の記憶になった
さらに時が経ち紙の本は電子の本に席巻されるようになった
自分はこの世界から消えてしまうのではないか

と本は不安になった
すっかり嫌気がさした本は元の木に戻ろうと思った
それ以来、本は真一文字に口をつぐんだままもう何も語らなくなった
本は木の化石になった。

日比谷にて

縁と絆

縁は偶然
絆はどうだろう？

絆は結束
似たような漢字だが絆は　繋がりの濃さ、時間において
縁とは別もの
縁は異なもの　感じるもの
一瞬の磁場のようなもの

縁は偶然

一期一会

わたしは縁という言葉が好きだな
絆はどうも堅苦しい　縛られるのは嫌だ

縁は輪廻のようなもの
えん　まあるい円という同じ読みの字もある
ときおり人生という線がまあるい円を描く時がある
同じ場所にいた二人が正反対の方向に歩き始める
円を描くように
ぐるーっと一回りして
今度は向き合って対面することになる
おや偶然！　なんか縁があるね
なんてね

人待ち顔の男が一人で映画館のあるフロアにいる
婚活デートかな？　ご縁があるといいね

阿修羅の居場所

阿修羅の如く

その異形の姿かたち
阿修羅
悪業と争いの代名詞
なのに　この美少年の面立ちは
なぜこうも自然体なのだろう
ひそめた眉　下まぶたのふくらみ
歪《いびつ》にして端正
その全体は破綻のない完成形
黙して佇む奇跡

おなじ異形でも
ピカソはどこから見てもピカソ
いたずらっぽくて　人を食っていて
何かに譬えるとき
ピカソみたい　と悪態もつける

阿修羅はちがう
目の前に立つと思わず粛然としてしまう
みる時　みる者によって表情をかえる
抗う心と抑制する心の拮抗
凪のような静寂

帝釈天に諍った阿修羅

釈迦に帰依し
怒から恕へ
恕は怒の字に似ているが
まるで正反対の寛《ひろ》い心を意味する

眠る本たちの絵

本の夢

死者は忘れ去られる
(永遠の句点になってしまう)

人はそのために本を書く
(未来の人)とつながるために
人はそのために本を読む
(過去の人)とつながるために

友人は若くして死んだ子供の絵を本にした
またある友人は死んだ妻と山に登った思い出を本にした

また別の友人は死んだ母親の若いころの恋を本にした
図書館では記憶が息をしている
(死んだ子供)も(死んだ妻)も(死んだ母親)も
暗い静かな書庫で
(蛍が光で息をするように)

死者は眠り
(誰かの夢を見ながら)
死者は生きている
(寄り添った人の中に　世界の記憶とともに)

昼顔と蝶の絵

昼顔と蝶

花がおんなか　おとこが蝶か
と歌ったのは演歌歌手

おんなは存在　おとこは現象
と論じたのは免疫学者

おとこはずるくてふわふわしていて能天気
おんなは蠱惑的ですまし顔で現実的

どちらも人間の業をまとっている

どちらも悪く　どちらも悪くない

昼顔の花言葉
絆（ぬきさしならない）
友達のよしみ（都合のいい口実）
情事（お花畑と血の池をいったりきたり）
実を結ばない（修羅場を経て）

カトリーヌ・ドヌーブ

蝶にも花言葉があればいいのに

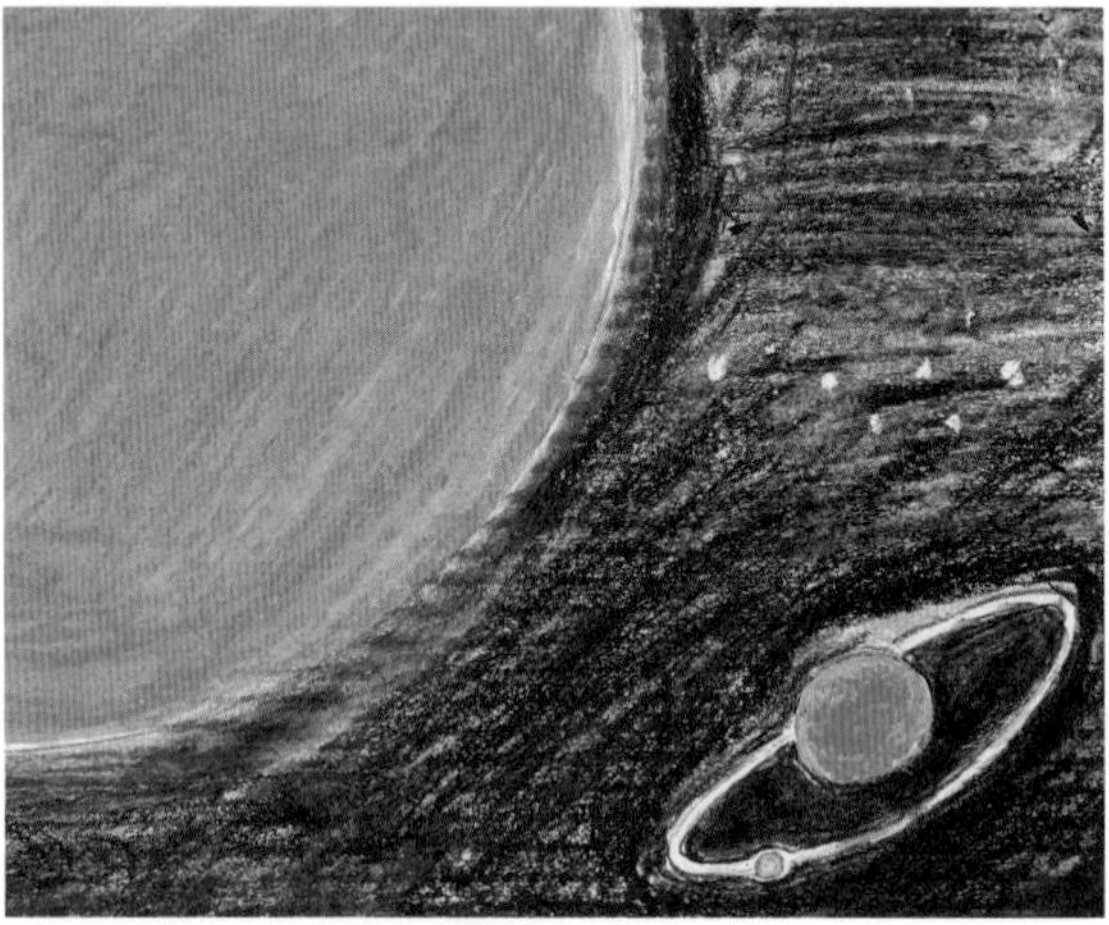

さそり座の途方もなく大きな星

アンタレス

途方に暮れたとき
途方もなくおおきなことを考えるといいよ　と
年上の友人が言った
あんた
アンタレスを知ってるかい
（あんたがいなくなること？）
ちがうよ　友人は笑った
さそり座の星のなまえだよ
（へぇー初めて聞いた）
途方もなく大きな星なんだ

太陽を回る地球の軌道を飲み込むくらい大きいんだ
（途方もないね）
途方もない宇宙と途方もない時間の中で我々は生きているんだよ。
九十九歳まで生きたとしても一瞬

（・・・）

君も、君の小さな悩みなんかも無に等しい
（そういえば僕はさそり座生まれなんだけど）
二十二日生まれ？　さそり座のへりのほうだね
（ぼくはなんだか誇らしいきもちになった）

年上の友人は星めぐりの歌をうたいながら

「また、あっちでな」といっていなくなった

代々木公園の朝焼け

抱負

自負は
　プライドと自信
抱負は
　希望と闘志
私の苦手な前向きな言葉　こっぱずかしい
二つとも負の字が入っているのは
何かを背負う「自覚」のようなものなのだろうな
正月、娘が新年の抱負は？　と聞いた

わたしは　ふふふ　と笑って何も答えなかった
心の中ではことし喜寿、もう何も背負わないよ。
余分なものを捨てるだけ、と呟いていた

＊テラコッタ（表紙に使用）は木村繁之氏の作品。
　著者所有

枕元の本

おんなに罵倒される夢をみた
おんなは、わたしの弱点という弱点を総ざらいぶちまけた

偏食・好色・内弁慶・小心・テレ屋・甘ったれ・新しいもの好き・体裁屋・
嘘つき・凝り性・怠け者・女房自慢・癇癪持ち・自信過剰・健忘症・医者嫌い・
風呂嫌い・尊大・気まぐれ・オッチョコチョイ……

わたしは、うなされ、悶え、夢の中で驚愕した
朝、目を覚まし、夜中に怖い夢をみたなと思ったが思い出せない
枕元に一冊の本があった

本には、しおりが挟んであった
その中の「偏食」で始まる一節が目に飛び込んできた
罵詈雑言のオッチョコチョイ…のあとに
「貴男はまことに男の中の男であります。私はそこに惚れているのです」*
と結ばれていた。ちなみに「男の中の男」とは向田邦子の愛猫マミオのことである。
（女房自慢というのが気になるが、詮索するのは野暮というものである）

*向田邦子『眠る盃』所収「マハシャイ・マミオ殿」より

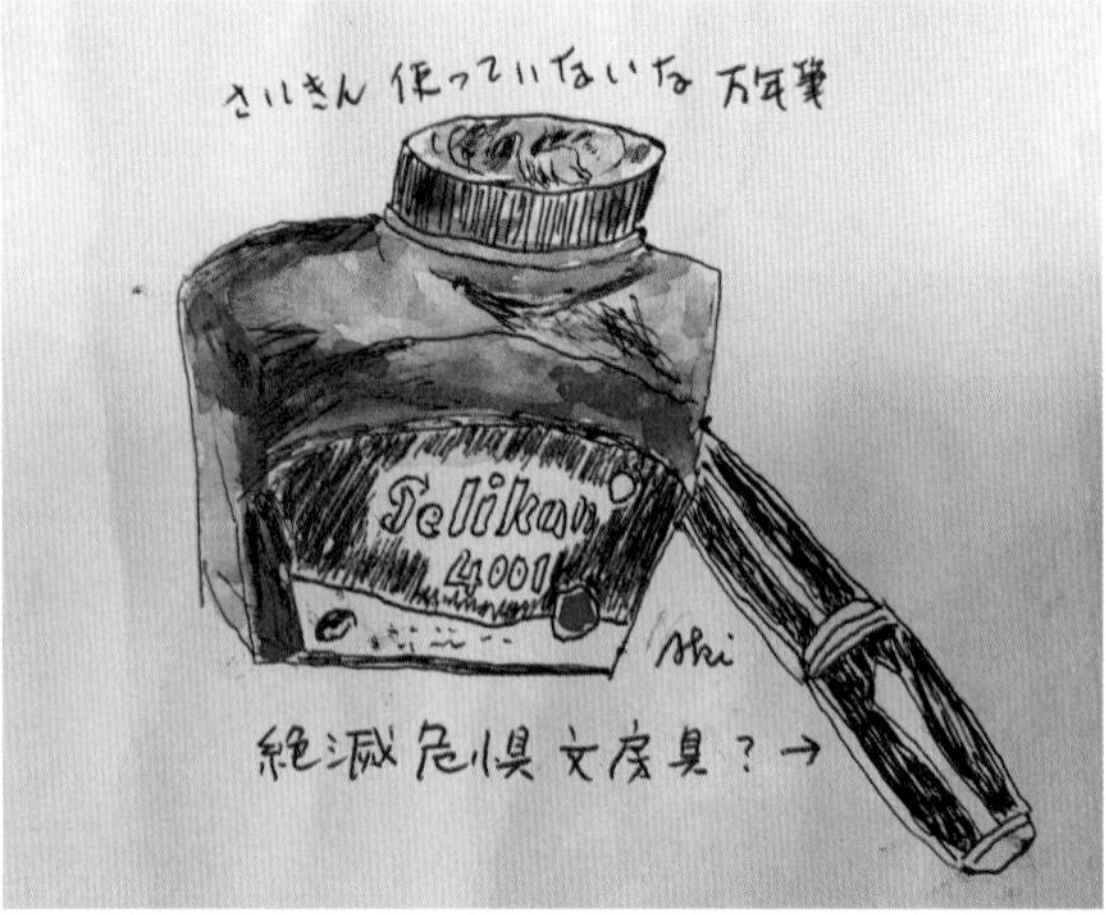
さいきん使っていないな万年筆
Pelikan
4001
Aki
絶滅危惧文房具？→

紙の本をめくる

紙の本
ぱらぱらめくる

きのうの夜は
何処まで読んだ？

指が本に訊く
ぱらぱらめくる

このあたりだ

紙の本には 形状記憶があって
よみさしを教えてくれる

電子書籍には
その愉しみがない

ぱらぱら
紙の本とおはなしをする

書いた人の記憶やら願いやら
ときには切ない愛が

頁の間から

花びらのように舞いあがる

千駄ケ谷トンネル（通称　お化けトンネル）

一九六四年のラビリンス

人生は長いながいトンネルだ
その先の果てに何があるのかぼくにはまだみえない
東京オリンピックのあった年、ぼくは十八歳だった
この年、一九六四年にできた千駄ヶ谷トンネル（墓の下の通称お化けトン
ネル）の途上で
ぼくは足踏みをしていた

お化けトンネルは暗いくらい産道だ
ぼくはいつ生まれるのだろう？
生まれる？

I was born

「生まれる」は他動詞だぜ
自分の意のままにはならないのさ
自分から這い出すことはできないのだよ
と、トンネルの上から囁き声が聞こえた
ぼくはまだこの世界に現れていないのかな?
ぼくを生んだ明治生まれのお袋はとうに他界したというのに
ぼくはまだ母の羊水の中で眠っている
すでに臍の緒は切られて小さな桐の箱に入っているのに
ぼくはどこから来て　いまどこにいて　どこに行くのだろう?

お化けトンネルの先にある光は
得体のしれぬブラックホールに吸い込まれ

逃げ水のように億光年の速さでまだ見ぬどこかへ去っていく
ぼくはまだお墓の下の呪縛から抜け出せないでいる
まるで動く歩道を逆行しているように
１９６４年３月、オリンピックのために突貫工事で造られた
国立競技場の目の前にあるトンネルの中にいる
お化けトンネルの上からまた声が聞こえた
しょせん肉体は借り物だよ
お墓の中の死者の声？　それとも星々の声？
お化けトンネルの天井がスクリーンのようになり
大音響のファンファーレが響いた
ジェット機　五色の煙が青空に五つの輪を描いていく
カメラがパンするように画面が替わる
沿道を淡々と走る裸足のランナー

グラウンドを夢遊病者のようによたよたと歩く女子選手
ゴールのテープをちぎらんばかりにいらつく競歩の男
静寂。(フェイドアウト)

トンネルの天井いっぱいに満天の星空がひろがる
とつぜん天蓋の星空がぐるぐるとフルスピードで回転した
時間の流れが滝つぼに向かうように速くなる
ぼくは呪縛から解放され
ようやくトンネルの外に押し出された

そして二〇二一年、ぼくは老人になっていた
ふいに二人の作家の小説の書き出しをぼくは思い出した
「きょう、ママンが死んだ」*

「僕は二十歳だった。それが人生で一番美しい年齢だなどとは
誰にも言わせまい」**
二十代の時に読んだ小説の中身はまったく覚えていない
ぼくは、七十六歳になろうとしていた
永遠と刹那がまじりあっている
なぜかはわからないが、そんな感慨が脳裏をよぎった
星々が墓地の上でいっせいに輝きを増した

*アルベール・カミュ『異邦人』(窪田啓作訳　新潮社)
**ポール・ニザン『アデン・アラビア』(篠田浩一郎訳　晶文社)

バベルの塔と棚田の絵

バベルの塔と棚田

俺たちの街と塔をつくろう
ブリューゲルの描いたバベルの塔では
豆粒みたいな労働者たちがせっせと働いている

塔がわれわれの街だ
天まで届く巨大な塔を作るのだ

エンヤコラ　槌音の響き
ヨイトマケの歌声すら聞こえてくる
気概とヨロコビがひしひしと伝わってくる

それなのに　それなのに

主は仰せられた
けしからん　天は私の領域だ
バベルの塔と街をつくるのはおやめなさい
一つの言語で暮らすのもおやめなさい
各々の言葉をもち
それぞれで別の街を作ってお暮らしなさい

わけがわからん　廃墟にしちゃうの？
みんなちりぢりになるの？
失業するの？　かわいそうに
ぼくは腹いせに「バベルの街」の近くに

ニッポンの原風景のような棚田の絵を描いた
（失業対策です）

「野うさぎの走り」という銘柄の焼酎を飲みながら
描いた野うさぎの走りの絵

野うさぎの走り

いくつの頃だろう
さいごに
野うさぎの走りを見たのは

首をかしげて
愛らしげなおおきな目でぼくをみつめて
「ついておいで」と
おじいさんのような低い声でつぶやいた
あのこげ茶色の野うさぎ

まばたきをすると
いつのまにか
どこかにいなくなってしまった

いったいぜんたい
あの夏に起きたことは
ほんとうにあった出来事なんだろうか

真夜中　カーテンの隙間の月

光のかけら

カーテンのすきまと
月の軌道の一致
午前四時三十二分
わたしは目を覚ました
光のかけらとわたしとの共時性
おそらくいくつかの偶然が重なったとき
訪れるものなのだろう
奇跡とか
世界の美しさとか
魂の揺らぎとか

変容するセカイと上書きされるキオク

世界は一変した。大震災で。疫病の大流行で。よその国の戦争で。人々は内心気付いている。今日の「日常」が、明日は経験したことのない「非日常」に一変するかもしれないと。代々木公園の朝やけをみるとテレビでみた戦火の炎の映像がふと脳裏を過る。

ときどき馬鹿げたことを考えてしまう
「時間」について
〝光陰矢の如し〟という比喩は
本当なのだろうかと

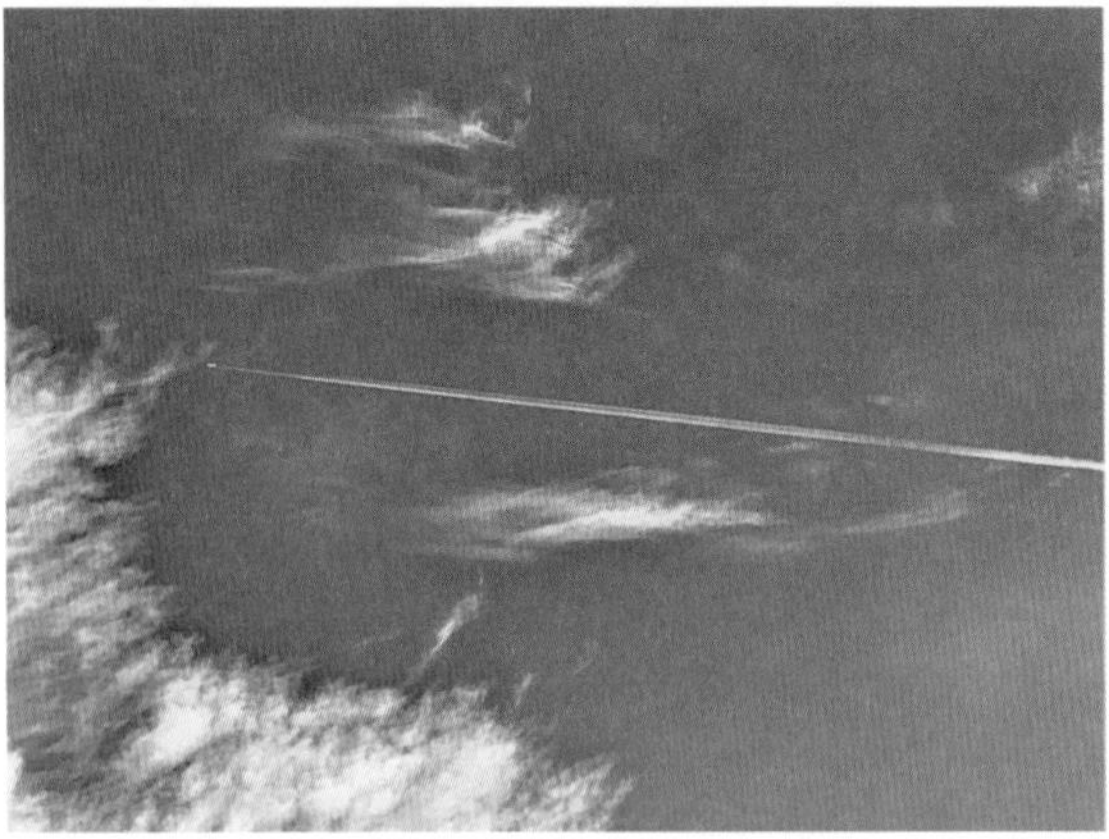

時間

墓参りをしたあと空をみると飛行機雲の白い軌道。
そのときふと時間とはなんだろうと考えた。

時間は、
螺旋階段とかメビウスの輪のようなもので　直線ではなく
ぐるぐるとまわりながら進んでいく　なのでねじれにより遠近が生じてしまう　だからずっと昔のことが昨日の事のように　昨日の事が遠い昔の事のように思えてしまうのもそのせいではないかと　突然　友人が世界から消えても　じつはその人は存在していて　私の裏側にある別の時間をとことこと歩いているのではないかと。

しかし時間は、
この宇宙のどこにも存在しないのではないかと。
在るのは「今」という〝点〟のみで　モノやコトや場所だけがこの瞬間のみ存在するのではないかと　その〝点〟に触れた瞬間に〝とき〟は雲散霧消してしまう　何もないところに辿れないように　昨日には戻れないし明日にも向かえないもの　けっきょく時間とはそういうものではないかと。

あるいは時間は、
進んだり流れたりするものではなく堆積するものかもしれないと　何億年も幾重にも重なる地層みたいに積み重なっていくもので厚い氷の層に眠るマンモスの赤ちゃんのようなもので　地球にいるちっぽけな生き物である人類には　その透明な時間の層のような存在が　ただ見えていないだけで

はないかと。

古今東西　時間について語られることは多い　しかし時間というものを見た人はいまだかって誰ひとりとしていない。

オリンピック東京大会2020開会式の立体（地球）

パラレルワールド

わたしたちはいつの間に
パラレルワールドに迷い込んでしまったのだろう？

昨日まであんなにため口で怒鳴りあったり
ハグしてじゃれあっていたのに
ため口もハグもどこかに消えてしまった
人類はすっかり礼儀正しいマスク星人に変身してしまった

非日常が日常になり
日常が非日常になってしまった

そして誰もが何も感じなくなってしまった
感じることといえばマスクをした女性が
みんな美人にみえることだ
ああ　うっとりするほど素敵だな
昔住んでいたところがあんなに美しい場所《ところ》だったなんて
青い星が何事もなかったように呑気に浮かんでいるよ

お父さん　さっきライン送ったよ
写真みてくれた？
わたしたちがいた地球がとってもきれいに浮かんでいるよ
もうあそこには戻れないのかな？

マネキンと路上生活者（原宿）

この素晴らしき世界

真夜中。
元バンドマンでボーカルだった路上生活者が、
夢の中で「Moon River」を歌いだすと、マネキンたちはうっとりした。
みな夢見心地で主人公のオードリー・ヘップバーンになった。

真夜中のコンサートは断続的に続いた。
「断続的に」というのは、人の気配で中断を余儀なくされたからだ。
人や車が通るとバンドマンは即刻歌うのをやめ、
マネキンは〝だるまさんが転んだ〟のように、ぱたっと動きを止めた。

バンドマンが最後の曲「What a wonderful world」を
しわがれた声で歌い終わると、空が白みはじめた。
マネキンは動かぬ元のマネキンになり、路上生活者は夢から覚めた。

北青山にて

ハッピーアイランド

あれから一年がすぎた
何かの予兆のような雲　どきんとする
しましまの空　まっ白い津波が押し寄せてくる

原子炉建屋に似た北青山のビル　と　地震雲
空を見あげている私
道行く人も　あら、へんな雲ね　といいながら空を見ている

「いい日旅立ち」
山口百恵の歌——

みんな何かを探して旅をしているんだろうか
生きている　懸命に　あるいは　いい加減に
みんなの青い空よ
みんなのミライは明るいかい？

原子力明るい未来のエネルギー　の町
ああ、置き去りにされた駝鳥が人間の手を咥えて走っているよ
『用心棒』の人気のない空っ風の宿場町のようだ
シュールな大熊町の晴天

大地震のあと「少欲知足」の意味を考える
空は黙っている
この問いになにも答えようとしない

娘が着る空色のしましまのパジャマをユニクロで買った
何も起きない「平々凡々」という幸せ

ふくしま　フクシマ　福島
ハッピーアイランドという直訳

（2012年のフォト日記より）

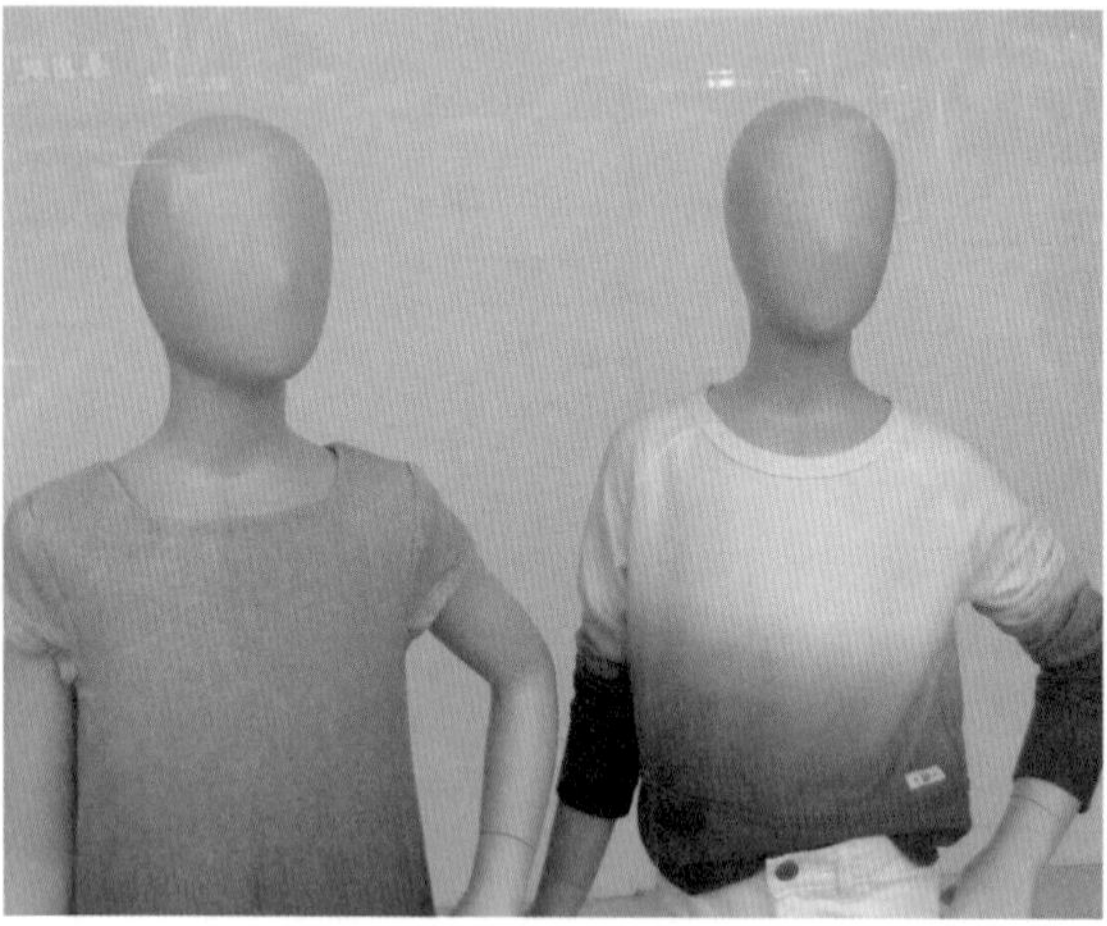

神を信じた者も／信じなかった者も／ドイツ兵に囚われた　あの／うつくしきものを　ともに讃えた　（アラゴン『薔薇と木犀草』）

よその国の戦争

ひとは　みたいものしかみない
ひとは　みたくないものはみない

国家も国民も　あやまちを犯す
ひとは　都合の悪い真実を　見ようとしない
事実は権力によって加工される
嘘はなんども刷り込まれると事実になる
熱狂の渦の中にいると真実はみえない
人工衛星があらしの渦をとらえるように
集団的狂気は圏外から眺めないとみえない

ひとは　みたいものしかみない
ひとは　みたくないものはみない

ナチスの軍人はいった*
国民を戦争に参加させるのは簡単だ
国民は単純だ
敵に攻撃されつつあるといい
平和主義者を愛国心に欠けていると非難し
国を危険にさらしていると主張する以外に何も必要ない
これはどんな国でも有効だと

ひとは　みたいものしかみない

ひとは　みたくないものはみない

避難先の劇場が破壊され地下室でたくさんのひとが生きうめになって
いる
高層アパートにミサイルがうちこまれる
コンクリートが黒こげになって廃墟のようにそこにある
街路には無造作に死体が放置されたままになっている
人のいない路上で野良犬がにんげんの死体を食べる
食料も水もない地下室で子供たちは何日も太陽をみていない
21世紀の街の戦争をよその国のひとがスマートフォンで眺めている

ひとは　みたいものしかみない
ひとは　みたくないものはみない

想像してほしい
二十一世紀に自分の国が戦場と化した姿を
六本木ヒルズに穴が開き、 銀色に輝いていた建物が
煤けた黒こげの廃墟になっている光景を
にぎわった街が静寂に包まれ荒れ果てた無人の街になった姿を
七十七年前の原宿・表参道空襲と同じように焼け野原になった姿を
俄仕立ての墓標が代々木公園に無数に広がっている惨状を

ひとは　みたいものしかみない（わたしだって）
ひとは　みたくないものはみない（あなただって）

青空の青と　麦畑の黄色の　たなびく二色の旗よ。
夏風にさわさわと揺れるいちめんのひまわり畑よ。

戦争のない平和な世界よ。

どうか世界が狂気と沈黙に支配されませんように。

＊「ナチスの軍人」とはヘルマン・ゲーリングのことである。この発言の原典（典拠）は、『ニュルンベルク軍事裁判』（ジョセ・E・バーシコ著　白幡憲之訳　二〇〇三年原書房刊）の下巻171頁にある。ゲーリングが米国の心理分析官に語った言葉が元になっている。多くの人が著作やネットでその人なりの意訳で紹介している。

蛇足だがヒトラーは、ある夕食会で建築家アルベルト・シュペーアに、ゲーリングが説明したいう「焼夷弾の効果」をもとに「大英帝国の首都を壊滅させる夢」を自慢げに語っている。（『空襲と文学』95頁。（W・G・ゼーバルト著　鈴木仁子訳　白水社2021年刊）

いっぽう連合国の米国も、東京大空襲に向けた周到な準備の一環として親日家の建築家アントニン・レーモンドを急きょ米国に帰国させ、ユタ州の砂漠で木造の日本家屋に見立てた建造物の焼夷弾による焼失実験に協力させたのは有名な話である。（『ワシントンハイツ　GHQが東京に刻んだ戦後』秋尾沙戸子著　新潮社　2009年刊ほか）。敵対する両国で著名な建築家がそれぞれで焼夷弾をめぐる問題に関与しているのが興味深い。

2015年頃のワタリウム美術館（渋谷区神宮前）

2022年１月のワタリウム美術館

剝落

あの日の　震災の記憶が
　どんどん剝落していく
街の記憶が
疫病やら〝パンとサーカス〟の興奮に上書きされていく
不都合な真実が
　黒いのり弁のように平気で塗りつぶされるようになった
真実と記憶を伝える言葉さえも
　ほろほろと剝落する時代になろうとしている

十年という歳月

あの日の少女はいまどうしているだろうか？
きっともう大人になっているはずだ

剥落した過去の隙間から
あの時の少女の目が私をじっと見ている

夢の中の春

春のアラシの夢

カランコロン　カランコロン　…と
ボレロのように音がしだいに大きくなってくる

明け方
夢と現《うつつ》のあわい
わたしは　まだ見知らぬ場所にいる
何かが近づいてくる

ブリキのピエロが
おどけながら　なんどもなんども

でんぐり返しをして　わたしに近づいてくる
カランコロン　カランコロン　…と
こんどは音が小さくなってゆく
やがてピエロはどこかへいってしまった

置いてけぼりにされた余韻だけが残った
　花ニ嵐ノタトヘモアルゾ
　サヨナラダケガ人生ダ
さびしいよう
わたしは夢の中でさめざめと泣いた

いつのまにか
日本人医師がアフガン人と作った水路の傍に

わたしは佇んでいる
どこまでも続くまっすぐな水路
その水路脇の舗道が動く歩道になっていて
人々がランニングマシーンのように逆走している

いつしか動く歩道も走る人も消え失せ
蛇籠の護岸の上には
何千本もの桜の木が植えられている
真っ青な空
そこに春の嵐が吹いてきて
無数の花びらが舞う

澄み切った水面を薄桃色が彩りをそえる

花筏がさらさらと流れていく
一陣の春の嵐が吹くと
地雷の埋まる褐色の大地に
花びらがころころと転がって行く

ああ
これで幾千もの義足が
アフガンの空から降ってくることもないだろう
わたしはもう泣いていなかった

エピローグ

独居老人と秋刀魚一尾

途中

人生はいつだって「途中」で終わる。

平均寿命が男の場合、(直近の厚生労働省の調査では)八十一・四歳らしい。するとう去年(二〇二二年)の十一月で七十七歳になった私の場合、短絡的に言えば平均余命はあと四・四七年ということになる。私もそうだが、そこそこ健康な同年代の老人はそんな数字をあまり信用していない。だいいち自分のことを老人と思っていないフシがある。

だが人の寿命はわからない。この五年、私とそんなに年の違わない近しい友人達が何人か亡くなった。たぶん彼(女)たちにとって「死」はそれまで他人事だっただろう。今《いま》はの際《きわ》、ああ私は「まだ途中なのに」と思ったかもしれない。九十九歳で亡くなった瀬戸内寂聴さんだってそう思ったかもしれぬ。

私は、「新しい」ことをしようと思った。そして「絵本のような詩文集」を出すことを思いついた。これまで撮りためた写真や自作の絵に言葉を添えたものだ。

私にとって詩やエッセイや写真（絵）は日々起きることの新鮮な「オドロキ」や「気づき」であり、それをカタチにすることのささやかな「達成感」だ。

いま世界は渾沌としている。温暖化による気候変動や大災害、新型コロナウイルス（疫病）の蔓延、ロシアによるウクライナ侵攻、国家間の分断による核戦争のリスクなど茫漠とした不安が世界を覆っている。私の中の「途中」も日々そんな世界と向き合っている。私と同じ齢のタモリさんは今の時代を「新しい戦前」と表現した。彼は終戦一週間後の八月二十二日生まれである。私も彼もリアルな「戦前」を知識でしか知らない。

世界は変容した。それでも世界は私のような平凡な人間と普通の暮らしで回っている。いまほど「何でもない日常」が愛おしく、またかけがえのない時代はないのではないか。それこそが「世界の変容」や「新しい戦前」をくい止める拠り所だと私は思っている。


（二〇二三年春）

最後の晩餐のTシャツ

テレビで駅ピアノを見た
若者が弾いた曲がとても素敵だった
曲名はわからない
とても気持ちよさそうに弾いていた
Tシャツが目に留まった
白いシャツに最後の晩餐の絵がプリントしてあった
カッコいいなあ
パソコンで最後の晩餐のTシャツと
と入力したらヒットした
ぼくはアマゾンでその二千円のTシャツを注文した

数日後、送られてきたそのTシャツを着て
私はいつもの老人五人組の飲み会にでかけた
最後の晩餐という勝負服を着て。

あとがき

当初、詩画集のようなシンプルな本を作るつもりだったが、素人の浅はかさ、あれも入れたい、これも加えたいと、ルポルタージュやら小説やらを書き足す始末、「作品」はみるみるゴッタ煮の雑文集のようなまとまりのないものになった。

そんな「暴走老人」の私に書肆侃侃房の田島さんはあきれはてつつも忍耐強く付き合ってくださった。私の原稿を「交通整理」&「断捨離」するなどブラッシュアップしてくださった。そのおかげで洗練された編集と装丁のとても美しい本に仕上がった。なお表紙の装丁に使わせていただいたテラコッタ（「眠りの本」）もこの本の内容とイメージにぴったりで、作品の使用を快く許可してくださった彫塑作家の木村繁之さんにも深く感謝したい。

そうやって出来上がったのがこの本である。田島安江さん、藤田瞳さんにはその多大なご苦労に改めて深く感謝します。

二〇二三年三月一〇日

米村明史

著者プロフィール

米村明史（よねむら・あきふみ）

一九四五年熊本県生まれ。法政大学第二文学部日本文学科卒。卒論は小熊秀雄論。
一九六四年国立国会図書館の職員となる。二〇〇六年に定年退職。
著書に第一詩集『テトラポッドの秋』（紫陽社）
『手しごとの記憶――マリコさんの藍染め――』（私家版　二〇二〇年）
趣味は、読書、映画鑑賞、自家製ジャム作り。

ブックデザイン	藤田瞳（acre）
装画コラージュ	木村繁之　テラコッタ「眠りの本」
本文藍染作品	米村眞里子　（一部デジタル加工　Yuuka）
その他本文写真・挿画	米村明史

表参道の地下シェルター

二〇二三年四月二十日発行

著　者　米村 明史
発行者　田島 安江
発行所　株式会社 書肆侃侃房（しょしかんかんぼう）
〒八一〇-〇〇四一
福岡市中央区大名二-八-十八-五〇一
TEL 〇九二-七三五-二八〇二
FAX 〇九二-七三五-二七九二
http://www.kankanbou.com　info@kankanbou.com

編　集　田島 安江
印刷・製本　シナノ書籍印刷 株式会社

ISBN978-4-86385-571-7 C0092